#CAIO FERNANDO ABREU
DE A A Z

#CAIO FERNANDO ABREU
DE A A Z

O fenômeno do Facebook e suas frases sobre amor, amizade, paixão, relacionamento, solidão...

Editora Nova Fronteira

Copyright © 2013 by herdeiros de Caio Fernando Abreu

Direitos de edição da obra em língua portuguesa no Brasil adquiridos pela **EDITORA NOVA FRONTEIRA PARTICIPAÇÕES S.A.** Todos os direitos reservados. Nenhuma parte desta obra pode ser apropriada e estocada em sistema de banco de dados ou processo similar, em qualquer forma ou meio, seja eletrônico, de fotocópia, gravação etc., sem a permissão do detentor do copirraite.

EDITORA NOVA FRONTEIRA PARTICIPAÇÕES S.A.
Rua Nova Jerusalém, 345 – Bonsucesso – 21042-235
Rio de Janeiro – RJ – Brasil
Tel.: (21) 3882-8200 – Fax: (21) 3882-8212/8313

CIP-BRASIL. CATALOGAÇÃO NA PUBLICAÇÃO
SINDICATO NACIONAL DOS EDITORES DE LIVROS, RJ

A145c

    Abreu, Caio Fernando, 1948-1996
    Caio de A a Z / Caio Fernando Abreu. - 1. ed. -
    Rio de Janeiro : Nova Fronteira, 2013

ISBN 9788520934944

1. Romance brasileiro. I. Título.

13-01090   CDD: 869.93
                               CDU: 821.134.3(81)-3

Sumário

Letra A — 07	Letra M — 77
Letra B — 19	Letra N — 83
Letra C — 23	Letra O — 87
Letra D — 31	Letra P — 91
Letra E — 39	Letra Q — 99
Letra F — 47	Letra R — 103
Letra G — 53	Letra S — 109
Letra H — 57	Letra T — 119
Letra I — 61	Letra U — 123
Letra J — 67	Letra V — 127
Letra L — 71	Letras X e Z — 133

Curtir · Comentar · Compartilhar

📖 **Letra A**

#Abandono

Porque as cidades, como as pessoas ocasionais e os apartamentos alugados, foram feitas para serem abandonadas.

Curtir • Comentar • Compartilhar

O Senhor não há de abandonar quem, nestes tempos, ainda ousar o beijo e quiser beber dessa beleza da vida. A necessidade é cósmica e nos protege.

Curtir • Comentar • Compartilhar

Não, não quero nem preciso nada se você me tocar. Estendo a mão. Depois suspiro, gelado. E te abandono.

Curtir • Comentar • Compartilhar

Abandonado no meio do deserto como um santo que Deus largou em plena penitência — e só sabia perguntar por que, por que, por que, meu Deus, me abandonaste? Nunca ouvi a resposta.

Curtir • Comentar • Compartilhar

#Abismo

Te espero aqui onde estou, abismo, no centro do furacão.

Curtir • Comentar • Compartilhar

Pairam sobre o abismo como bons equilibristas, loucos para ser salvos pelo verbo.

Curtir • Comentar • Compartilhar

Pensamentos matinais são um abrupto mas com ponto final a seguir. Perigosíssimos. A tal ponto que há o risco de não continuar depois do que deveria ser curva amena mas tornou-se abismo.

Curtir • Comentar • Compartilhar

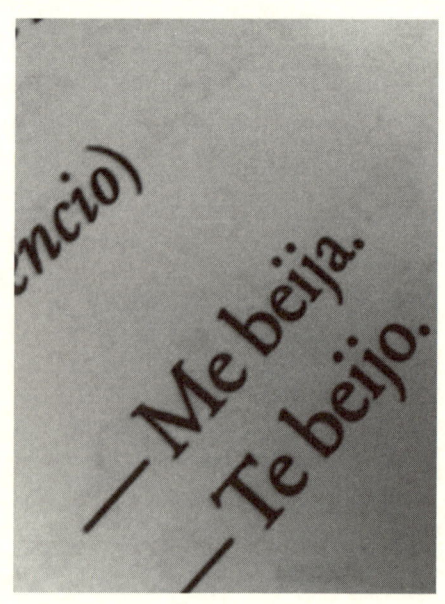

Curtir • Comentar • Compartilhar

Caio Fernando Abreu

$$\left\{ \begin{array}{c} \text{Solto nesse abismo} \\ \text{onde só brilham as estrelas} \\ \text{de papel no teto,} \\ \text{desguardado do anjo} \\ \text{com suas mornas asas abertas.} \end{array} \right\}$$

Curtir • Comentar • Compartilhar

A

— #Afastamento/separação —

É certo que as pessoas estão sempre crescendo e se modificando, mas estando próximas uma vai adequando o seu crescimento e a sua modificação ao crescimento e à modificação da outra; mas estando distantes, uma cresce e se modifica num sentido e outra noutro completamente diferente, distraídas que ficam da necessidade de continuarem as mesmas uma para a outra.

Curtir • Comentar • Compartilhar

Só vou perguntar por que você se foi, se sabia que haveria uma distância, e que na distância a gente perde ou esquece tudo aquilo que construiu junto. E esquece sabendo que está esquecendo.

Curtir • Comentar • Compartilhar

Choro sempre quando os dias terminam porque sei que não nos procuraremos pelas noites.

Curtir • Comentar • Compartilhar

Não te tocar, não pedir um abraço, não pedir ajuda, não dizer que estou ferido, que quase morri, não dizer nada, fechar os olhos, ouvir o barulho do mar, fingindo dormir, que tudo está bem, os hematomas no plexo solar, o coração rasgado, tudo bem.

Curtir • Comentar • Compartilhar

Parece-me agora, tanto tempo depois, que as partidas-dolorosas, as amargas-separações, as perdas--irreparáveis costumam lavrar assim o rosto dos que ficam.

Curtir • Comentar • Compartilhar

Frágil — você tem tanta vontade de chorar, tanta vontade de ir embora. Para que o protejam, para que sintam falta. Tanta vontade de viajar para bem longe, romper todos os laços, sem deixar endereço. Um dia mandará um cartão-postal, de algum lugar improvável. Bali, Madagascar, Sumatra. Escreverá: penso em você. Deve ser bonito, mesmo melancólico, alguém que se foi pensar em você num lugar improvável como esse.

Curtir • Comentar • Compartilhar

Você se foi e eu afundei numa melancolia de dar gosto.

Curtir • Comentar • Compartilhar

De tudo isso, me ficaram coisas tão boas. Uma lembrança boa de você, uma vontade de cuidar melhor de mim, de ser melhor para mim e para os outros. De não morrer, de não sufocar: de continuar sentindo encantamento por alguma outra pessoa que o futuro trará, porque sempre traz, e então não repetir nenhum comportamento. Ser novo.

Curtir • Comentar • Compartilhar

Resolvi me afastar, e agora estou tentando tirar da cabeça. Não estou conseguindo. Estava muito apaixonado. Acho que nunca tanto. Não consigo mais aceitar relações pela metade. Em outras palavras, raspas e restos *não* me interessam.

Curtir • Comentar • Compartilhar

Não queria fazer mal a você. Não queria que você chorasse. Não queria cobrar absolutamente nada. Por que o *zen* de repente escapa e se transforma em *sem*?

Curtir • Comentar • Compartilhar

— #Amigos/amizade —

Silêncio de amizade cara a cara quase sempre soa (?) constrangedor. As pessoas desviam os olhos, acendem cigarros, fazem comentários tipo nada a ver, só pra quebrar o silêncio. Em amizade telefônica, nunca: um fica ouvindo a respiração do outro durante muito tempo. E não precisa dizer nada.

Curtir • Comentar • Compartilhar

Amigos são também para escrever cartas enormes e um tanto idiotas como esta, cheia de carências, porque gostam de outros amigos e não querem que as relações de amizade tombem nesse poço nojento de brutalidade e vulgaridade.

Curtir • Comentar • Compartilhar

Eu não tinha nenhum amigo. Só Peter Pan.

Curtir • Comentar • Compartilhar

Se você quiser me contar das suas funduras, e não apenas defender-se — e os amigos são, sim, para trocar abismos —, então me escreva dez, cem páginas, e eu responderei com calor, com carinho, com toda amizade que realmente sinto por você.

Talvez bastasse qualquer coisa como chegar muito perto de você, passar a mão no teu cabelo e te chamar de amigo.

Curtir • Comentar • Compartilhar

Planta malcuidada fenece que nem amizade sem trato.

Curtir • Comentar • Compartilhar

Um amigo me chamou para ajudá-lo a cuidar da dor dele. Guardei a minha no bolso. E fui. Não por nobreza: cuidar dele faria com que eu esquecesse de mim. E fez.

Curtir • Comentar • Compartilhar

Amigos não "são para essas coisas", não. Isso é um clichê detestável, significando quase sempre que amigo é saco de pancadas, é uma espécie de privada onde o outro pode jogar dejetos, detritos imundos e dar a descarga. Amigos são para dividir o bom e o mau, mas também para deixarem as coisas sempre limpas entre eles — amigos devem ser *solidários*.

Curtir • Comentar • Compartilhar

#Amor

Se você me amar e eu te amar, não precisamos da aprovação de ninguém para ficar juntos, como também não precisamos assinar nenhum papel ou aceitar qualquer espécie de jogo.

Curtir • Comentar • Compartilhar

Amor não resiste a tudo, não. Amor é jardim. Amor enche de erva daninha. Amizade também, todas as formas de amor. Hay que trabalhar y trabalhar, sabes?

Curtir • Comentar • Compartilhar

Não, meu bem, não adianta bancar o distante: lá vem o amor nos dilacerar de novo...

Curtir • Comentar • Compartilhar

Há alguns dias, Deus — ou isso que chamamos assim, tão descuidadamente, de Deus — enviou-me certo presente ambíguo: uma possibilidade de amor. Ou disso que chamamos, também com descuido e alguma pressa, de amor.

Curtir • Comentar • Compartilhar

Errei pela primeira vez quando me pediu a palavra *amor*, e eu neguei. Mentindo e blefando no jogo de não conceder poderes excessivos, quando o único jogo acertado seria não jogar: neguei e errei. Todo atento para não errar, errava cada vez mais.

Senti um amor imenso. Por tudo, sem pedir nada de volta. Não-ter pode ser bonito, descobri. Mas pergunto inseguro, assustado: a que será que se destina?

Curtir • Comentar • Compartilhar

Curtir • Comentar • Compartilhar

Preciso dessa emoção que os antigos chamavam de *amor*, quando sexo não era morte e as pessoas não tinham medo disso que fazia a gente dissolver o próprio ego no ego do outro e misturar coxas e espírito no fundo do outro-você, outro-espelho, outro-igual-sedento-de-não-solidão, bicho-carente, tigre e lótus.

Curtir • Comentar • Compartilhar

Preciso de você para dizer eu te amo outra e outra vez. Como se fosse possível, como se fosse verdade, como se fosse ontem e amanhã.

Curtir • Comentar • Compartilhar

O amor também é uma espécie de morte (a morte da solidão, a morte do ego trancado, indivisível, furiosa e egoisticamente incomunicável), nos desarma.

Curtir • Comentar • Compartilhar

Eu não acreditava mais que o amor existisse, e a vida desmentia.

E amar muito, quando é permitido, deveria modificar uma vida.

Eu só queria que você soubesse do muito amor e ternura que eu tinha — e tenho — pra você. Acho que é bom a gente saber que existe desse jeito em alguém, como você existe em mim.

Curtir • Comentar • Compartilhar

— Quando a noite chegar cedo e a neve cobrir as ruas, ficarei o dia inteiro na cama pensando em dormir com você./ — Quando estiver muito quente, me dará uma moleza de balançar devagarinho na rede pensando em dormir com você.

Curtir • Comentar • Compartilhar

Amo vocês como quem escreve para uma ficção: sem conseguir dizer nem mostrar isso. O que sobra é o áspero do gesto, a secura da palavra. Por trás disso, há muito amor.

Curtir • Comentar • Compartilhar

A

Estou ficando saudável, bonito & corado. Uma gracinha. Só me falta agora arrumar um Grande Amor, assim mesmo, com maiúsculas. Virá logo: a cidade é mágica, sensual, afetiva, tesuda.

Curtir • Comentar • Compartilhar

Sem platonismos, nem zen-budismos: quero que pinte o amor-Bethânia, dançar de rosto colado, pegar na mão, à meia-luz, desenhar com a ponta dos dedos cada um dos teus traços, ficar de olho molhado só de te ver, de repente, e, se for preciso, também virar a mesa, dar tapa na cara, escândalo na esquina, encher a cara de gim, te expulsar de casa e te pedir pra voltar.

Curtir • Comentar • Compartilhar

O amor que sinto pelos outros quase sempre é suficiente, não precisa nem ter volta.

Também porque aconteceu outra coisa que, como Deus, eu pensava que não existia. Imagino que isso que chamamos de *amor*. Algo assim. Porque tudo que vivi e senti antes me parece agora bobagem, brincadeira.

Atrás das janelas, retomo esse momento de mel e sangue que Deus colocou tão rápido, e com tanta delicadeza, frente aos meus olhos há tanto tempo incapazes de ver: uma possibilidade de amor. Curvo a cabeça, agradecido. E se estendo a mão, no meio da poeira de dentro de mim, posso tocar também em outra coisa. Essa pequena epifania. Com corpo e face.

Curtir • Comentar • Compartilhar

#Aos trancos

Resistimos, aos trancos, já nem sei se foi escolha ou solavanco. Difícil arrancar uma certa lucidez disso tudo.

Eu aqui tenho ido um pouco aos trancos. Às vezes duvidando um pouco do acerto das opções que foram sendo feitas nos últimos anos, quando me dou por conta nesta cidade quase sempre árida, sem nenhum amor, sem paz. Um ceticismo, umas durezas que eu não tinha antes.

Curtir • Comentar • Compartilhar

Tenho a impressão de que a vida, as coisas foram me levando. Levando em frente, levando embora, levando aos trancos, de qualquer jeito.

Curtir • Comentar • Compartilhar

Ando bem, mas um pouco aos trancos. Como costumo dizer, um dia de salto sete, outro de sandália havaiana.

Curtir • Comentar • Compartilhar

#Ausência

Nenhum remédio que dê alegria: a seco, amanhã continuo. A ausência também.

No começo, pouco depois de acordar, olhando à tua volta a paisagem de todo dia, sentirás atravessada não sabes se na garganta ou no peito ou na mente — e não importa — essa coisa que chamarás, com cuidado, de "uma ausência".

Curtir • Comentar • Compartilhar

Tanto tempo terá passado, depois, que tudo se tornará cotidiano e a minha ausência não terá nenhuma importância.

Curtir • Comentar • Compartilhar

Só sei falar dessas ausências que ressecam as palmas das mãos de carícias não dadas.

Curtir • Comentar • Compartilhar

Sua casca partia-se e refazia-se, entardecer sombrio e meio-dia cegante intercalados. Fumou demais, sem terminar nenhum cigarro. Bebeu muitos cafés, deixando restos no fundo das xícaras. Exaltou-se, ausentou-se. No intervalo da ausência, distraía-se em chamá-la também, entre susto e fascínio, de A Grande Indiferença, ou A Grande Ausência, ou A Grande Partida, ou A Grande, ou A, ou. Na tentativa ou esperança, quem saberia, de conseguindo nomeá-la conseguir também controlá-la.

Curtir • Comentar • Compartilhar

Não sentia mais sua ausência porque eu também era ausência

A vida era lenta e eu podia comandá-la. Essa crença fácil tinha me alimentado até o momento em que, deitado ali, no meio da manhã sem sol, olhos fixos no teto claro, suportava um cigarro na mão direita e uma ausência na mão esquerda. Seria sem sentido chorar, então chorei enquanto a chuva caía porque estava tão sozinho que o melhor a ser feito era qualquer coisa sem sentido.

Curtir • Comentar • Compartilhar

#Autoconhecimento

Eu não me conheço. E tenho medo de me conhecer. Tenho medo de me esforçar para ver o que há dentro de mim e acabar surpreendendo uma porção de coisas feias, sujas.

Curtir • Comentar • Compartilhar

Descobri qualquer coisa dentro de mim que, não sei exatamente como nem por quê, consegue manter-se serena no meio desta falta absoluta de perspectivas.

Curtir • Comentar • Compartilhar

 **Caio Fernando Abreu**

Meu Deus,
como sou típico, como sou estereótipo da minha geração

Curtir • Comentar • Compartilhar

Posso assumir atitudes na frente dos outros, tentar passar a impressão de "evoluído", de "moderno e sem preconceitos". Quando fico sozinho, é o meu rosto que me olha do fundo do espelho. Antes de ficar só, me livro de todos os outros rostos, fico apenas com o meu — um rosto indefinido, de traços ainda vagos, como aqueles fantoches que eu fazia com *papier mâché*, sentindo prazer em desenhar-lhes feições com a espátula, fazê-los homens ou mulheres, feios ou bonitos, corajosos ou covardes.

Curtir • Comentar • Compartilhar

As coisas e as pessoas que fazem parte da minha vida vão aos poucos entrando em mim, depois de algum tempo já não sei dizer o que é meu e o que é delas. Mesmo assim, bem no fundo, há coisas que são só minhas. E embora me assustem às vezes, é delas que mais gosto.

Curtir • Comentar • Compartilhar

Não quero dramatizar e fazer dos problemas reais monstros insolúveis, becos sem saída. Nada é muito terrível. Só viver, não é? A barra mesmo é ter que estar vivo e ter que desdobrar, batalhar um jeito qualquer de ficar numa boa. O meu tem sido olhar pra dentro, devagar, ter muito cuidado com cada palavra, com cada movimento, com cada coisa que me ligue ao de fora.

Curtir • Comentar • Compartilhar

Precisava de um acontecimento externo que justificasse toda aquela largueza de dentro.

Curtir • Comentar • Compartilhar

Autoconhecimento, e por extensão inevitável o conhecimento dos outros e do mundo, não é exatamente um mar de rosas. Mas nunca tive medo de nada — de dentro ou de fora — que pudesse ampliar minha consciência. Acho que esse é o único jeito digno de ser. Por isso mesmo, durmo em paz toda noite. Muitas vezes só, confuso, angustiado, assustado — mas absolutamente certo de que sou uma pessoa legal.

Curtir • Comentar • Compartilhar

 Letra A

📖 Letra B

#Beleza

É daquele emaranhado cheio de dor e angústia fria e solidão escura que ela arranca essa beleza que joga para fora.

Não saberás nunca que nesse exato momento tens a beleza insuportável da coisa inteiramente viva.

Ó Deus, por que a beleza pode ser tão medonha? Ou ao contrário, por que o medonho pode ser tão belo?

Curtir • Comentar • Compartilhar

Olha, sabe duma coisa que eu aprendi? O segredo do belo está aqui, ó. [...] Na sua cuca, no seu olho que realmente vê, dentro de você. Se você souber olhar as coisas dum jeito mágico, tudo fica mais bonito.

Curtir • Comentar • Compartilhar

Eu inventava uma beleza de artifícios para esperá-lo e prendê-lo para sempre junto a mim.

Curtir • Comentar • Compartilhar

#Bondade

Havia ultrapassado todos os estágios, todas as procuras, as crenças, perdões e espantos. Atingira a bondade absoluta.

Estou sempre preocupado com a ética, com a beleza, com a dignidade. Sou educadíssimo, e fui criado de maneira muito católica, com toda aquela culpa de "maus" pensamentos, "más" ações, e uma terrível nostalgia da "bondade".

Curtir • Comentar • Compartilhar

Ai, a necessidade que tinha de doer em alguém, como se já estivesse exausta de tanto ser grande e boa.

Curtir • Comentar • Compartilhar

Curtir • Comentar • Compartilhar

— #Busca/procura

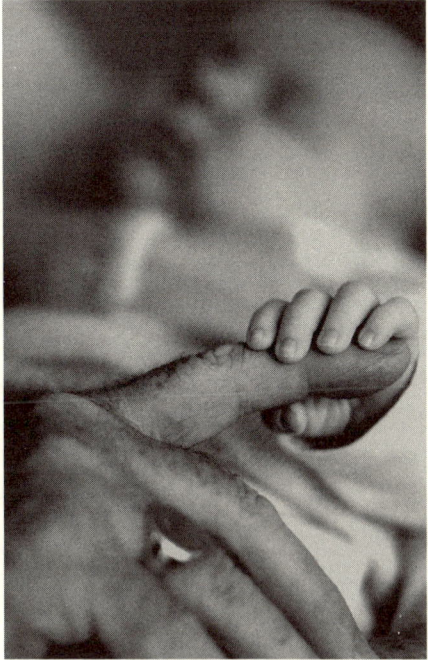

As coisas não sendo o que são outra vez me jogarão num mundo de procuras e espantos.

Curtir • Comentar • Compartilhar

Nós somos um — esse que procura sem encontrar e, quando encontra, não costuma suportar o encontro que desmente sua suposta sina.

Curtir • Comentar • Compartilhar

Para manter-me vivo, saio à procura de ilusões.

Curtir • Comentar • Compartilhar

E acontece que eu ainda sou babaca, pateta e ridícula o suficiente para estar procurando O Verdadeiro Amor.

Curtir • Comentar • Compartilhar

Quem procura não acha. É preciso estar distraído e não esperando absolutamente nada. Não há nada a ser esperado. Nem desesperado.

Curtir • Comentar • Compartilhar

Esse não querer já traz implícitas as longas caminhadas, o olhar devassando os bares, a náusea, os olhares alheios, a procura, a procura.

Curtir • Comentar • Compartilhar

Preciso pegar minhas coisas e partir. Viajar, esquecer, talvez amar.

Curtir • Comentar • Compartilhar

 Letra B

📖 **Letra C**

— #Caminhos/descaminhos —

Às vezes o que parece um descaminho na verdade é um caminho inaparente que conduz a outro caminho melhor.

Curtir • Comentar • Compartilhar

Ninguém me ensinará os caminhos. Ninguém nunca me ensinou caminho nenhum, nem a você, suspeito. Avanço às cegas.

Curtir • Comentar • Compartilhar

Não sei, deixo rolar. Vou olhar os caminhos, o que tiver mais coração, eu sigo.

Você não vai encontrar caminho nenhum fora de você. E você sabe disso. O caminho é *in*, não *off*.

Vai pelo caminho da esquerda, boy, que pelo da direita tem lobo mau e solidão medonha.

Curtir • Comentar • Compartilhar

O mundo, apesar de redondo, tem muitas esquinas.

Curtir • Comentar • Compartilhar

Que vontade escapista e burra de encontrar noutro olhar que não o meu próprio — tão cansado, tão causado — qualquer coisa vasta e abstrata quanto, digamos assim, um Caminho.

Curtir • Comentar • Compartilhar

E se não de repente, mas pouco a pouco, você começar a evitar todos os caminhos? Chega o dia, então, em que não há caminhos.

Curtir • Comentar • Compartilhar

Curtir • Comentar • Compartilhar

#Caretice

Estou nessa batalha de abrir as cucas alheias porque é impossível a minha fluir sozinha cercada de caretice.

Curtir · Comentar · Compartilhar

Discretamente, todo dia, de muitas formas estamos sendo bombardeados por mensagens tipo: não saia da linha, não cometa nenhuma transgressão, não se apaixone. Caso contrário, você será punido por isso.

É preciso continuar atento e forte: a neocaretice está morando na casa ali do lado.

Curtir · Comentar · Compartilhar

A neocaretice está solta pelas ruas. Ela mora no apartamento ao lado, na casa da esquina, e anda muito preocupada com a possibilidade de Jocasta e Édipo consumarem seu colorido incesto às oito da noite. Ela quer que o sexo que não se destina exclusivamente à procriação seja varrido da face da Terra. Ela sorri amável no elevador, dá bons-dias, boas-tardes, boas-noites, depois fica prestando atenção na sua vida para ver se você está andando direitinho dentro da linha.

No século XX não se ama. Ninguém quer ninguém. Amar é *out*, é babaca, careta.

Curtir · Comentar · Compartilhar

#Carinho/cuidado

Penso com carinho em você. Pense com carinho em mim.

Carinho, com letra maiúscula, é uma das coisas que faltam no mercado.

O que eu queria era alguém que me recolhesse como um menino desorientado numa noite de tempestade, me colocasse numa cama quente e fofa, me desse um chá de laranjeira e me contasse uma história. Uma história longa sobre um menino só e triste que achou, uma vez, durante uma noite de tempestade, alguém que cuidasse dele.

Curtir · Comentar · Compartilhar

Volta que eu te cuido e não te deixo morrer nunca.

Curtir · Comentar · Compartilhar

Sinto saudade docê, todos os dias. Vai um cheirinho de alecrim e muito carinho.

Ando assim, descontínuo, exaltado, mas sempre com carinho enorme por você.

Curtir · Comentar · Compartilhar

#Conselho

Curtir • Comentar • Compartilhar

Como a uma laranja, redonda, dourada — mas sem fome, contemple o momento presente.

Típico pensamento-nada-a-ver: sossega, o que vai acontecer acontecerá. Relaxa, baby, e flui: barquinho na correnteza, Deus dará.

Curtir • Comentar • Compartilhar

Prepare-se: vou falar Coisas Duras. Na minha sincera, desinteressada e afetuosa opinião de quem quer te ver feliz.

Curtir • Comentar • Compartilhar

Experimente então dizer "eu te amo". Ou qualquer coisa assim, para ninguém.

Curtir • Comentar • Compartilhar

E decidi me poupar mais. Tem sido difícil. E não sei se há recompensa. Talvez, quem sabe, me sentir melhor comigo mesmo. Um I-Ching me aconselha a "limitação": um lago não deve querer transbordar de seus limites.

Curtir • Comentar • Compartilhar

Tente. Sei lá, tem sempre um pôr do sol esperando para ser visto, uma árvore, um pássaro, um rio, uma nuvem. Pelo menos sorria, procure sentir amor. Imagine. Invente. Sonhe. Voe. Se a realidade te alimenta com merda, meu irmão, a mente pode te alimentar com flores. Eu não estou fazendo nada de errado. Só estou tentando deixar as coisas um pouco mais bonitas.

Curtir • Comentar • Compartilhar

#Coração

Meu coração é um sapo rajado, viscoso e cansado, à espera do beijo prometido capaz de transformá-lo em príncipe.

Curtir • Comentar • Compartilhar

Meu coração é o mendigo mais faminto da rua mais miserável.

Curtir • Comentar • Compartilhar

Faquir involuntário, cascata de champanha, púrpura rosa do Cairo, sapato de sola furada, verso de Mário Quintana, vitrina vazia, navalha afiada, figo maduro, papel crepom, cão uivando pra lua, ruína, simulacro, varinha de incenso. Acesa, aceso — vasto, vivo: meu coração teu.

Curtir • Comentar • Compartilhar

Como quem não desiste de anjos, fadas, cegonhas com bebês, ilhas gregas e happy ends cinderelescos, ela queria acreditar.

Curtir • Comentar • Compartilhar

Meu coração é um anjo de pedra com a asa quebrada.

Curtir • Comentar • Compartilhar

Meu coração é um bordel gótico em cujos quartos prostituem-se ninfetas decaídas, cafetões sensuais, deusas lésbicas, anões tarados, michês baratos, centauros gays e virgens loucas de todos os sexos.

Meu coração é um bar de uma única mesa, debruçado sobre a qual um único bêbado bebe um único copo de bourbon, contemplado por um único garçom.

Curtir • Comentar • Compartilhar

Tô bem assim, bem indiferente. O coração, um cactus. Não me importo mais.

Curtir • Comentar • Compartilhar

Meu coração é um ideograma desenhado a tinta lavável em papel de seda onde caiu uma gota d'água.

Meu coração é um traço seco. Vertical, pós-moderno, coloridíssimo de neon, gravado em fundo preto. Puro artifício, definitivo.

Meu coração é um entardecer de verão, numa cidadezinha à beira-mar.

Meu coração é um sorvete colorido de todas as cores, é saboroso de todos os sabores. Quem dele provar, será feliz para sempre.

Meu coração é um deserto nuclear varrido por ventos radioativos.

Meu coração é o laboratório de um cientista louco varrido, criando sem parar Frankensteins monstruosos que sempre acabam por destruir tudo.

Meu coração é uma planta carnívora morta de fome.

Curtir • Comentar • Compartilhar

C

#Crença

Acredito é na gota de mel que essa coisa-deus-destino-orixá vezenquando derrama sobre nossa cabeça.

Curtir • Comentar • Compartilhar

Eu acredito, eu sigo acreditando, outra vez eu acredito, embaixo da cachoeira, eu não paro um segundo de acreditar porque tudo é vivo vibra brilha, meu corpo não se separa da água nem da pedra nem do céu que vejo entre as folhas.

Curtir • Comentar • Compartilhar

Quem só acredita no visível tem um mundo muito pequeno.

Passa uma borboleta azul, bons presságios: eu penso, eu acredito.

Não acredito que maus fluidos, por mais fortes que sejam, consigam destruir um amor bonito, limpo.

Curtir • Comentar • Compartilhar

Eu nasci neste tempo em que tudo acabou, eu não tenho futuro, eu não acredito em nada.

Meu coração é um álbum de retratos tão antigos que suas faces mal se adivinham.

Curtir • Comentar • Compartilhar

#Crise

O mais doloroso nisso tudo não é sequer a crise social, mas a crise na alma das pessoas.

A crise permanente parecia ser a forma mais estável de sobreviver.

A crise finalmente chegou, e é bem nítida. As pessoas em volta, os amigos, todos na mesma situação. Num país doente como o nosso, de que forma preservar um mínimo de saúde?

Curtir • Comentar • Compartilhar

Toda vez que desço à cidade, vejo as pessoas ruins emocionalmente, a crise não é apenas econômica, as pessoas estão com o coração escuro.

A civilização está em crise. O homem desequilibrou a natureza. A natureza está reagindo. A arte, como produto do homem, está em crise também. Acho que o homem não vai se destruir, não: vai reencontrar suas origens.

Curtir • Comentar • Compartilhar

#Curiosidade

 **Caio Fernando Abreu**

{ Não sei se gosto, mas tenho uma curiosidade imensa pelo que vai me acontecer, pelas pessoas que vou conhecer, por tudo que vou dizer e fazer e ainda não sei o que será. }

Curtir • Comentar • Compartilhar

Não resta muito mais a fazer senão resistir. Movidos, no mínimo, pela curiosidade de onde vai dar tudo isso.

Curtir • Comentar • Compartilhar

Eu acho que a gente não deve perder a curiosidade pelas coisas: há muitos lugares para serem vistos, muitas pessoas para serem conhecidas. Tudo isso estimula a gente, clareia a cabeça, refresca.

Curtir • Comentar • Compartilhar

Parece que ou eu ou os outros não somos mais tão disponíveis. Será que estou fechando, perdendo a curiosidade?

Curtir • Comentar • Compartilhar

 **Letra C**

Letra D

— #Definição/indefinição —

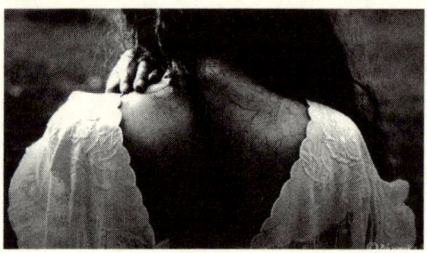

Curtir • Comentar • Compartilhar

Todas essas filosofagens e angústias, essa procura de uma definição, de um caminho — tudo isso seria tão ridículo sem Deus. E são tudo hipóteses.

Curtir • Comentar • Compartilhar

Por que não se render ao avanço natural das coisas, sem procurar definições?

É tempo de me fazer, eu sei. E sei que é bom ser ainda indefinido. Pelo menos as deformações não calaram fundo, não se afirmaram em feições.

Curtir • Comentar • Compartilhar

Ninguém poderia impor uma definição antes dessa definição impor-se por si mesma: seria como tentar forçar uma natureza a ser aquilo que ela só seria se quisesse.

Curtir • Comentar • Compartilhar

Conseguia adivinhar o externo, mas o interno se perdia indefinido em sombras.

Curtir • Comentar • Compartilhar

— #Desamparo —

Olhou desamparado para o sábado acontecendo por trás das janelas entreabertas.

As questões básicas e o desamparo humano continuam e continuarão os mesmos de sempre.

Essa música indefinida machucando por dentro, como se estivesse desde sempre aqui, escorregando devagar, as notas feito pingos de chuva na vidraça abaixada.

Curtir • Comentar • Compartilhar

Sem nenhuma preparação, ela acontece de repente. E então o espanto e o desamparo, a incompreensão também, invadem a suposta ordem inabalável do arrumado (e por isso mesmo "eterno") cotidiano.

A morte de alguém conhecido ou/e amado estupra essa precária arrumação, essa falsa eternidade.

Curtir • Comentar • Compartilhar

— #Desencanto/decepção

Tenho achado, devagarinho, cá dentro de mim, em silêncio, escondido, que nem gosto mais muito de viver, sabia?

Curtir • Comentar • Compartilhar

Dane-se. Comigo sempre foi tudo ao contrário.

Já reparaste como o mundo parece feito de pontas e arestas? Já chamei tua atenção para a escassez de contornos mansos nas coisas? Tudo é duro e fere.

Eu comecei a enumerar nos dedos quem poderia sentir a minha falta: sobraram dedos. Todos estes que estou olhando agora.

Meus dias são sempre como uma véspera de partida.

Curtir • Comentar • Compartilhar

Você sabe que vai ser sempre assim. Que essa queda não é a última. Que muitas vezes você vai cair e hesitar no levantar-se, até uma próxima queda.

Curtir • Comentar • Compartilhar

Quando olho para mim mesmo, não gosto do que vejo. Mas quando olho para você, gosto muito menos.

Curtir • Comentar • Compartilhar

Os amigos desaparecem no momento exato em que você precisa deles. O mundo te machuca. As pessoas te empurram nas filas, dentro dos ônibus, nas esquinas. Tudo grita na sua cara que você não vale absolutamente nada. Quando olho para você, quando olho para mim, não posso evitar de pensar que o homem é apenas um animal que não deu muito certo.

Curtir • Comentar • Compartilhar

Curtir • Comentar • Compartilhar

Mas finjo de adulto, digo coisas falsamente sábias, faço caras sérias, responsáveis. Engano, mistifico. Disfarço esta sede de ti, meu amor que nunca veio.

Curtir • Comentar • Compartilhar

D

#Desilusão amorosa

 **Caio Fernando Abreu**

Amor é falta de QI,
tenho cada vez mais certeza.

Curtir • Comentar • Compartilhar

Que imensa miséria o grande amor — depois do não, depois do fim — reduzir-se a duas ou três frases frias ou sarcásticas. Num bar qualquer, numa esquina da vida.

Curtir • Comentar • Compartilhar

Ando meio fatigado de procuras inúteis e sedes afetivas insaciáveis.

Meu coração tá ferido de amar errado, você me entende?

Tô exausto de construir e demolir fantasias. Não quero me encantar com ninguém.

A perda do amor é igual à perda da morte. Só que dói mais.

Curtir • Comentar • Compartilhar

Odeio amar, não é engraçado? Amanhã tento de novo. Amar só é bom se doer.

Curtir • Comentar • Compartilhar

Eu gostaria de ter conseguido olhá-los no fundo dos olhos, de ter visto neles qualquer coisa como compaixão, paciência, tolerância, ou mesmo amizade, quem sabe amor.

Curtir • Comentar • Compartilhar

Já não sou o mesmo, como você também não é. Endureci um pouco, desacreditei muito das coisas, sobretudo das pessoas e suas boas intenções. Dar um rolé em cima disso não vai ser nada fácil. E as marcas ficarão — tatuagens.

Curtir • Comentar • Compartilhar

#Desprezo

Desprezível é tudo aquilo que não colabora para o enriquecimento do humano, mas para a sua (ainda) maior degradação.

Curtir • Comentar • Compartilhar

Me veio um fundo desprezo pela minha/nossa dor mediana, pela minha/nossa rejeição amorosa desempenhando papéis tipo sou-forte-seguro-essa-sou-mais-eu.

Curtir • Comentar • Compartilhar

Quem está de fora não pode condenar, condenar simplesmente é desprezível — é preciso compreender.

Curtir • Comentar • Compartilhar

#Destino/sina

Os dados estão lançados, e agora só me resta lavar as mãos sujas do sangue das canções. Uma palavra ou um gesto, seu ou meu, seria suficiente para modificar nossos roteiros.

Quase todos ali dentro tinham a nítida sensação de que seriam infelizes para sempre. E foram.

Curtir • Comentar • Compartilhar

Porque é assim que é. Naturalmente. As coisas sempre prestes a serem apanhadas. E você eternamente prestes a apanhá-las. Como uma sina. Sempre prestes.

As coisas acontecem do jeito que acontecem e estão certas assim. Não me arrependo de nada. Mas vez enquando passa pela cabeça um "ah, podia ter sido diferente..."

Curtir • Comentar • Compartilhar

Curtir • Comentar • Compartilhar

D

#Diferenças

Embora estivessem no mesmo barco, as maneiras de remar podiam perfeitamente ser diferentes.

Somos muito parecidos, de jeitos inteiramente diferentes: somos espantosamente parecidos.

Curtir • Comentar • Compartilhar

Uma vez eu disse que a nossa diferença fundamental é que você era capaz apenas de viver as superfícies, enquanto eu era capaz de ir ao mais fundo, de não sentir medo desse mais fundo.

Curtir • Comentar • Compartilhar

#Dispersão

Ando esquisito. Não exatamente mal, mas preguiçoso, dispersivo, desatento. Ou atento a coisas tão remotas que é como se não estivesse completamente aqui. Nem lá, na coisa remota.

Curtir • Comentar • Compartilhar

Preciso começar de alguma forma. E esta, enfim, sem começar propriamente, assim confuso, disperso, monocórdio, me parece um jeito tão bom ou mau quanto qualquer outro de começar uma história.

Curtir • Comentar • Compartilhar

#Doçura

A memória da gente é safada: elimina o amargo, a peneira só deixa passar o doce.

Uma pessoa não é um doce que você enjoa, empurra o prato, não quero mais.

Então, que seja doce. Repito todas as manhãs, ao abrir as janelas para deixar entrar o sol ou o cinza dos dias, bem assim: que seja doce.

Não suportamos mesmo aquilo ou aqueles que poderiam nos tornar mais felizes e menos sós? Não, não suportamos essa doçura.

Curtir • Comentar • Compartilhar

Preciso manter a ilusão de que tudo pode ser doce. E que em alguma esquina, um dia — por que não? —, encontrarei um amor bonito esperando por mim.

Curtir • Comentar • Compartilhar

Outra coisa que eu penso quando me lembro daquelas uvas cor-de-rosa é que, na vida, as coisas mais doces custam muito a amadurecer. Mas isso é pensamento de gente grande, deixa pra lá.

Curtir • Comentar • Compartilhar

#Dor

Dói, um pouco. Não mais uma ferida recente, apenas um pequeno espinho de rosa, coisa assim, que você tenta arrancar da palma da mão com a ponta de uma agulha. Mas, se você não consegue extirpá-lo, o pequeno espinho pode deixar de ser uma pequena dor para transformar-se numa grande chaga.

Curtir • Comentar • Compartilhar

Ai, Jesus, como dói amor não correspondido…

Ai como eu queria tanto agora ter uma alma portuguesa para te aconchegar ao meu seio e te poupar essas futuras dores diaceradas.

Descobri — numa carta de Clarice Lispector para Lucio Cardoso — que *polisipo*, em grego, significa "pausa na dor". Têm sido, estes dias, polisipos.

Curtir • Comentar • Compartilhar

As pessoas às vezes procuram exatamente o que será capaz de doer ainda mais fundo.

Curtir • Comentar • Compartilhar

Dói de todos os lados, os de fora, os de dentro, de baixo e de cima, nenhuma saída, e você meio cego, meio tonto, só sabe que tem que continuar, meio sem esperança, as ilusões despedaçadas, o coração taquicárdico, língua seca, e continuando. Continuando. Resistimos, aos trancos, já nem sei se foi escolha ou solavanco. Difícil arrancar uma certa lucidez disso tudo.

Já tentei macrobiótica psicanálise drogas acupuntura suicídio ioga dança natação cooper astrologia patins marxismo candomblé boate gay ecologia, sobrou só esse nó no peito, agora faço o quê?

Curtir • Comentar • Compartilhar

#Dormir

Pouco antes de dormir, percebo que ainda estou sorrindo. E que não sinto alegria. Afrouxo um por um os músculos do rosto, do corpo, da mente. Depois afundo.

Curtir • Comentar • Compartilhar

Sem pensar em nada mais, fecho os olhos para esquecer. Dorme, menino, repito no escuro, o sono também salva. Ou adia.

Curtir • Comentar • Compartilhar

Letra D

Letra E

— #Emoções —

Como você sabe, a gente, as pessoas infelizmente têm, temos, essa coisa, as emoções.

Raramente leio com o intelecto: leio com a emoção.

Tem dias que não existem emoções, nem pensamentos: só dor.

Para onde vão os filmes, dentro da gente, depois que você sai do cinema? Ficam misturados na vida, na emoção, na memória.

Curtir • Comentar • Compartilhar

As pessoas falam coisas, e por trás do que falam há o que sentem, e por trás do que sentem há o que são e nem sempre se mostra. Há os níveis não formulados, camadas imperceptíveis, fantasias que nem sempre controlamos, expectativas que quase nunca se cumprem e sobretudo, como dizias, emoções.

Curtir • Comentar • Compartilhar

É preciso alertar as pessoas para as vidas erradas que levam, a alimentação errada, as emoções erradas, os relacionamentos errados.

Curtir • Comentar • Compartilhar

— #Encontro —

Preciso ter certeza de que inventar nosso encontro sempre foi pura intuição, não mera loucura.

Curtir • Comentar • Compartilhar

A gente se encontra numa esquina, numa praia, num outro planeta, no meio duma festa ou duma fossa, no meio dum encontro a gente se encontra, tenho certeza.

Curtir • Comentar • Compartilhar

Num deserto de almas também desertas, uma alma especial reconhece de imediato a outra.

Frequentemente me assusto, pensando que a vida vai acabar sem que eu encontre um grande amor ou uma grande amizade, ou mesmo uma grande vocação que justifique esse isolamento. Mas nada posso fazer, essas coisas acontecem sem que a gente as procure.

Curtir • Comentar • Compartilhar

Caio Fernando Abreu

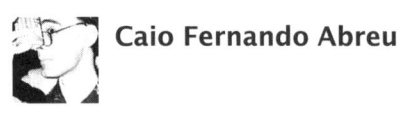

Aos caminhos,

                                                eu entrego
                                          o nosso encontro.

Curtir · Comentar · Compartilhar

#Envelhecimento

Você já percebeu que muitos jovens dizem velha como se dissessem, desculpem, mulher de vida airada ou ladra? Como se a velhice fosse um crime e uma vergonha

Curtir • Comentar • Compartilhar

Ninguém me/nos preparou para ir envelhecendo, somos educados para a eterna juventude — e, na eterna juventude dos vinte anos, a velhice é uma coisa que só acontece aos outros.

Fotos da mulher esplêndida de vinte, vinte e cinco anos, são colocadas lado a lado de fotos da velha horrenda de sessenta, doente e decadente. O subtexto é: o jovem é belo, o velho é feio. O jovem está perto da vida, o velho está perto da morte. E a velhice, como a morte, é feia e suja. Será?

Curtir • Comentar • Compartilhar

Curtir • Comentar • Compartilhar

Sabe, às vezes eu me lembro de coisas assim, de muitas coisas [...] — como se houvesse uma parte de mim que não envelheceu e que guardou.

Curtir • Comentar • Compartilhar

Falo o óbvio tão óbvio que nem todo mundo vê. Ou se recusa a ver — tão mais confortável manter-se hipoteticamente nesse plano estável onde nada muda —, e é então que começa a envelhecer. Envelhecer do mal, envelhecer na treva, sem esperança nem paciência para o "novo". Que existe.

Curtir • Comentar • Compartilhar

Assim como uma velhice precoce baixando na gente, vontade de ficar sentado ao sol, feito planta. Úmido e humilde, querendo apenas um pouco de calor.

Curtir • Comentar • Compartilhar

#Escrita

Queria te escrever com mais carinho, com mais entusiasmo, com mais vida. Mas olha, não tá saindo.

Curtir • Comentar • Compartilhar

Que todos me perdoem, mas escrever agora é recolher vestígios do impossível.

Talvez seja sina, essa de escrever, e então ter as respostas da vida real na vida recriada, nunca na própria vida real.

Uma vez me disseram que eu jamais amaria dum jeito que "desse certo", caso contrário deixaria de escrever. Pode ser.

Que se tenha uma vida completa, que se possa passar por ela deixando algo bom para o planeta, para os outros. Vezenquando penso que, no que escrevo, quase consigo. E me sinto sereno. Mas quero fazer mais.

Curtir • Comentar • Compartilhar

Mesmo que não se esteja escrevendo realmente, a gente sempre está escrevendo por dentro.
Tenho um medo de sentar pra escrever minhas próprias coisas [...] — há demônios às vezes incontroláveis que vêm à tona.

Curtir • Comentar • Compartilhar

E tenho pensado que, mais do que qualquer outra coisa, sou um escritor. Uma pessoa que escreve sobre a vida — como quem olha de uma janela — mas não consegue vivê-la.

Queria tanto que alguém me amasse por alguma coisa que eu escrevi.

Curtir • Comentar • Compartilhar

Acho que escrever uma história é uma coisa muito boa. O coração da gente fica mais quentinho e a gente gosta mais das pessoas.

Curtir • Comentar • Compartilhar

#Espera

Deus, põe teu olho amoroso sobre todos os que já tiveram um amor sem nojo nem medo, e de alguma forma insana esperam a volta dele: que os telefones toquem, que as cartas finalmente cheguem.

Curtir • Comentar • Compartilhar

Só espero, não penso nada. Tento me concentrar numa daquelas sensações antigas como alegria ou fé ou esperança. Mas só fico aqui parado, sem sentir nada, sem pedir nada, sem querer nada.

Curtir • Comentar • Compartilhar

Eu vou ficar esperando você numa tarde cinzenta de inverno bem no meio duma praça então os meus braços não vão ser suficientes para abraçar você e a minha voz vai querer dizer tanta mas tanta coisa que eu vou ficar calada um tempo enorme só olhando você sem dizer nada.

Curtir • Comentar • Compartilhar

Venha quando quiser, ligue, chame, escreva — tem espaço na casa e no coração, só não se perca de mim.

Curtir • Comentar • Compartilhar

— #Esperança —

Sem últimas esperanças. Temos esperanças novinhas em folha, todos os dias.

Curtir • Comentar • Compartilhar

O que tem me mantido vivo hoje é a ilusão ou a esperança dessa coisa, "esse lugar confuso", o Amor um dia.

Curtir • Comentar • Compartilhar

Afinal, se eu mesmo sou vazio, como poderia criar coisas cheias? Criar. Um dia, quem sabe, depois de muito amar e desamar, querer e não querer, depois de quedas e voltas, avanços e saltos, talvez depois disso tudo reste alguma coisa.

Para me dar força, escrevi no espelho do meu quarto: "Tá certo que o sonho acabou, mas também não precisa virar pesadelo, não é?" E o que estou tentando vivenciar. Certo, muitas ilusões dançaram — mas eu me recuso a descrer absolutamente de tudo, eu faço força para manter algumas esperanças acesas, como velas.

Curtir • Comentar • Compartilhar

Curtir • Comentar • Compartilhar

• 44

— #Expectativa/desejo

Caio Fernando Abreu

Desejá-lo assim,
com todos os lugares-comuns do desejo,
a esse outro tão íntimo que às vezes julgas desnecessário
dizer alguma coisa, porque enganado supões que tu e ele
vezenquando sejam um só, te encherá o corpo de uma
força nova, como se uma poderosa energia brotasse de
algum centro longínquo, há muito adormecido. ● ● ●

Curtir • Comentar • Compartilhar

Hoje pensei sério: se me perguntassem o que mais desejo na vida, não saberia responder. Quero tudo. Mas esse "tudo" é tão grande, tão vago, que me sinto estonteado.

Curtir • Comentar • Compartilhar

Ah, como eu queria ser eu mesmo, por um dia, uma hora que fosse. Mas como é difícil, meu Deus, como é difícil.

Não importará nada do que diga ou faça, desde que venha e tudo aconteça desta ou de outra maneira inteiramente diversa da que invento.

Curtir • Comentar • Compartilhar

Mania de esperar que as coisas sejam dum jeito determinado, por isso a gente se decepciona e sofre.

Curtir • Comentar • Compartilhar

Letra E

Letra F

#Fé

Continuo a pensar que quando tudo parece sem saída, sempre se pode cantar.

Amor e energia brotaram de dentro de mim até tornarem-se uma coisa só. O de dentro e o de fora unidos em pura fé.

Fé, quando não se tem, se inventa.

Curtir • Comentar • Compartilhar

Te desejo uma fé enorme, em qualquer coisa, não importa o quê, como aquela fé que a gente teve um dia, me deseja também uma coisa bem bonita, uma coisa qualquer maravilhosa, que me faça acreditar em tudo de novo.

Curtir • Comentar • Compartilhar

Naturalmente a saia é justa, mas como a fé é larga, fica tudo equilibrado. Coloco nas mãos de Deus.

Curtir • Comentar • Compartilhar

#Felicidade

Hoje quero escrever qualquer coisa tão iluminada e otimista que, logo depois de ler, você sinta como uma descarga de adrenalina por todo o corpo, uma urgência inadiável de ser feliz.

Naqueles dias, enlouquecia cada vez mais, querendo agora já urgente ser feliz.

Curtir • Comentar • Compartilhar

Ando com uma felicidade doida, consciente do fugaz, do frágil.

Curtir • Comentar • Compartilhar

Cai fora, coisa cinza. E deixa entrar a alegria, o ar puro e o sol da manhã.

Pulo os poços, quando pintam — e como pintam! Mas não vou abrir mão de um pouco de alegria.

Eu nunca tive porra de ideal nenhum, eu só queria era salvar a minha, veja só que coisa mais individualista elitista capitalista, eu só queria era ser feliz, cara, gorda, burra, alienada e completamente feliz.

De alguma forma absurda, nunca estive tão bem.

Curtir • Comentar • Compartilhar

A alegria é o lago, não o aquário turvo, névoa, palavras baças.

Curtir • Comentar • Compartilhar

De cada dia arrancar das coisas, com as unhas, uma modesta alegria; em cada noite descobrir um motivo razoável para acordar amanhã.

Curtir • Comentar • Compartilhar

#Feridas

Menos pela cicatriz deixada, uma feridantiga mede-se mais exatamente pela dor que provocou, e para sempre perdeu-se no momento em que cessou de doer, embora lateje louca nos dias de chuva.

Curtir • Comentar • Compartilhar

Para que não me firam, minto. E tomo a providência cuidadosa de eu mesmo me ferir, sem prestar atenção se estou ferindo o outro também.

Deixa que a loucura escorra em tuas veias. E quando te ferirem, deixa que o sangue jorre enlouquecendo também os que te feriram.

Curtir • Comentar • Compartilhar

#Fim de ano

Curtir • Comentar • Compartilhar

Então volta aquela tonteira doce dos dezembros, e, pensando bem, lembrando tudo, até que não foi um mau ano, você reconhece entre vinhos, champanhas e panetones. Falar em champanha, está chegando a hora de abrir mais um. Você suspira, agita a garrafa, pressiona a rolha. Muito bem, parabéns: você não queria um ano novinho em folha? Pois aí está.

Acho que com o ano terminando e tudo isto aqui com este sabor de despedida, mesmo provisória, eu deveria dizer uma porção de coisas pelo menos um pouco animadoras, essas coisas que se dizem nos finais de ano.

Curtir • Comentar • Compartilhar

F

#Força de vontade/persistência

Alguma coisa em mim não consegue desistir, mesmo depois de todos os fracassos.

Curtir • Comentar • Compartilhar

Acho que sou bastante forte para sair de todas as situações em que entrei, embora tenha sido suficientemente fraco para entrar.

Curtir • Comentar • Compartilhar

Amanhã não desisto: te procuro em outro corpo, juro que um dia eu encontro.

Não se preocupe, não vou tomar nenhuma medida drástica, a não ser continuar, tem coisa mais autodestrutiva do que insistir sem fé nenhuma?

Quis morrer de novo, engoli outra rejeição — mas estou vivo e, sinto muito, vou continuar.

Curtir • Comentar • Compartilhar

Dói muito, mas eu não vou parar. A minha não desistência é o que de melhor posso oferecer a você e a mim neste momento.

Curtir • Comentar • Compartilhar

Sobre todos aqueles que ainda continuam tentando, Deus, derrama teu Sol mais luminoso.

A vida grita. E a luta, continua.

Curtir • Comentar • Compartilhar

#Fragilidade

{ Finjo o tempo todo, rio, sou alegre, dispersivo, com aquele brilho superficial e ridículo. Em cada fim de noite me sinto um lixo. Há tempos estou vivendo uma estória-de-amor--impossível que rebenta a saúde: sei que não dá pé de jeito nenhum e não consigo me libertar, esquecer. }

Curtir • Comentar • Compartilhar

Um amigo me avisou que exponho demais fragilidades, fiquei preocupado. Talvez expor fragilidades seja o único jeito de ser que eu tenho, então não sei se isso tem solução.

Sorri com os olhos, com a mesma boca que mais tarde, um dia, depois daqui, poderá me dizer: não.

Por favor, não me empurre de volta ao sem volta de mim.

Curtir • Comentar • Compartilhar

Não me mande coisas assim raivosas. Eu não tenho anticorpos para esse tipo de coisa.

O acontecer do amor e da morte desmascaram nossa patética fragilidade.

Pedir não só é bom, mas às vezes é o que se pode fazer quando tudo vai mal.

Curtir • Comentar • Compartilhar

— #Frustração

Lembrar do que passou é perfeitamente humano e natural, mas, se você começa a querer que o tempo volte, e em consequência a fechar-se para o presente, aí começa também a correr o risco de sentir errado, começa a cair fundo e sem volta no círculo da frustração.

Curtir • Comentar • Compartilhar

📖 **Letra F**

Curtir • Comentar • Compartilhar

📖 Letra G

#Gestação

Alguma coisa vai ser dita ou feita, o tempo prepara meus ouvidos e meu corpo para as palavras ainda em gestação.

Curtir • Comentar • Compartilhar

Isso que parece ser uma dificuldade enorme pode estar sendo simplesmente o processo de gestação do sub ou do inconsciente.

Curtir • Comentar • Compartilhar

#Gostar

Vezenquando, uma coisa só começa mesmo a existir quando você também começa a prestar atenção na existência dela. Quando a gente começa a gostar de uma pessoa, é bem assim.

Não adianta muito você se enfeitar todo para uma pessoa gostar mais de você. Porque, se ela gostar, vai gostar de qualquer jeito, do jeito que você é mesmo, sem brilhos falsos.

Curtir • Comentar • Compartilhar

Não sei mais falar, abraçar, dar beijos, dizer coisas aparentemente simples como "eu gosto de você".

Curtir • Comentar • Compartilhar

A coisa que uma pessoa mais precisa na vida é gostar das outras pessoas e ser gostada, também.

Era coração, aquele escondido pedaço de ser onde fica guardado o que se sente e o que se pensa sobre as pessoas das quais se gosta? Devia ser.

Não sinto agressividade nenhuma em relação a você. E gosto das tuas histórias. E gosto da tua pessoa. Dá um certo trabalho decodificar todas as emoções contraditórias, confusas, somá-las, diminuí-las e tirar essa síntese numa palavra só, esta: gosto

O importante, o irreversível, o definitivo, o claro nessa história toda é que eu gosto muito de ti. Muito mesmo. Não adoro nem venero, mas gosto na medida sadia e humana em que uma pessoa pode gostar de outra.

Curtir • Comentar • Compartilhar

Caio Fernando Abreu

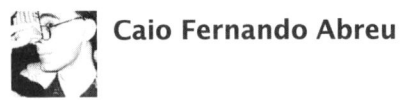

Estou te querendo
muito bem neste minuto.
Tinha vontade que você estivesse
aqui e eu pudesse te mostrar muitas
coisas, grandes, pequenas, e sem
nenhuma importância, algumas.

Curtir • Comentar • Compartilhar

Letra G

📖 Letra H

— #Homossexualidade

Homossexualidade não existe, nunca existiu. Existe sexualidade — voltada para um objeto qualquer de desejo. Que pode ou não ter genitália igual, e isso é detalhe. Mas não determina maior ou menor grau de moral ou integridade.

Curtir • Comentar • Compartilhar

Curtir • Comentar • Compartilhar

— #Humano

Caio Fernando Abreu

Ando exausto de seres humanos.

Curtir • Comentar • Compartilhar

O humano excessivo aterroriza e maravilha. Igual à morte e ao amor.

Curtir • Comentar • Compartilhar

O ser humano é o pior dos animais. Aos poucos, vão nos arrancando pedaços enquanto vivemos, e, mesmo sem um braço, ou sem sonhos nem esperanças, ainda assim sobrevivemos?

Ninguém pode ajudar o humano que deu errado quando o social está errado, e para resolver o de dentro seria necessário corrigir o de fora.

Curtir • Comentar • Compartilhar

Sou o bicho humano que habita a concha ao lado da concha que você habita.

Curtir • Comentar • Compartilhar

— #Humildade —

Tenho tentado aprender a ser humilde. A engolir os nãos que a vida te enfia goela abaixo. A lamber o chão dos palácios. A me sentir desprezado-como-um-cão, e tudo bem, acordar, escovar os dentes, tomar café e continuar.

Acho que estou vivendo uma baita experiência: o orgulho e a vaidade que eu pudesse ter têm escorrido pelo ralo da pia, junto com a água e o detergente das panelas. No mínimo, é um tremendo exercício de humildade — e eu me sinto mais forte, mais humano.

Curtir • Comentar • Compartilhar

Só eu sei que cheguei à humildade máxima que um ser humano pode atingir: confessar a outro ser humano que precisa dele para existir.

Curtir • Comentar • Compartilhar

📕 Letra H

A passagem do tempo traz humildade e reduz o apetite? Não afirmo nada, só pergunto, porque não tenho certezas.

Curtir • Comentar • Compartilhar

Letra I

— #Ilusão —

Caio Fernando Abreu

Quanta ilusão.
Um dia o circo pega fogo, a morte chega
e de que serviu essa alegria toda?

● ● ●

**Os homens precisam da ilusão
do amor da mesma forma como
precisam da ilusão de Deus.**
Da ilusão do amor para não afundarem
no poço horrível da solidão absoluta;
da ilusão de Deus, para não se
perderem no caos da desordem sem nexo.

Curtir • Comentar • Compartilhar

— #Indiferença

Não que estivesse triste, só não sentia mais nada.

Curtir • Comentar • Compartilhar

As pessoas costumam dizer para colorir a indiferença quando o coração ficou inteiramente gelado.

A gente sempre exige mais das pessoas e das coisas que quer bem, as que queremos mal ou simplesmente não queremos nos são indiferentes.

Curtir • Comentar • Compartilhar

Curtir • Comentar • Compartilhar

— #Infinito

Nós nos inventamos um ao outro porque éramos tudo o que precisávamos para continuar vivendo. E porque nos inventamos, eu te confiro poder sobre o meu destino e você me confere poder sobre o teu destino. Você me dá seu futuro, eu te ofereço meu passado. Então e assim, somos presente, passado e futuro. Tempo infinito num só, esse é o eterno.

Curtir • Comentar • Compartilhar

— Linhas paralelas se encontram no infinito./— O infinito não acaba. O infinito é nunca./— Ou sempre.

Curtir • Comentar • Compartilhar

E exigimos o eterno do perecível, loucos.

De alguma forma, por trás das nuvens, em algum lugar do infinito, deve continuar existindo aquele mesmo Sol. Imenso, amarelo, redondo, quente.

Curtir • Comentar • Compartilhar

Tão simples, tão claro. E de alguma forma inequívoca, para sempre.

Curtir • Comentar • Compartilhar

#Inteiro

Dignidade acontece quando se é inteiro. Mas que quer dizer ser "inteiro"? Talvez quando se faz exatamente o que se quer fazer, do jeito que se quer fazer e da melhor maneira possível. A opinião alheia, então, torna-se detalhe desimportante.

Curtir • Comentar • Compartilhar

A gente se apertou um contra o outro. A gente queria ficar apertado assim porque nos completávamos desse jeito, o corpo de um sendo a metade perdida do corpo do outro.

Você não me entende porque você nos divide em dois: eu e você. Não existe divisão. Eu não sou só eu. Eu sou também você e todos os outros, e todas as coisas que eu vejo. Você não me entende porque você nunca me olhou. Olhe firme no meu olho, me encara fundo. A gente só consegue conhecer alguém ou alguma coisa quando olha para ela bem de frente, cara a cara.

Curtir • Comentar • Compartilhar

#Interesse

Não, você não sabe, você não sabe como tentei me interessar pelo desinteressantíssimo.

Curtir • Comentar • Compartilhar

E para falar a verdade — a esta altura da vida, pouco além do meio da estrada — estou mais interessado em encontrar velhos em paz do que jovens em fúria...

Curtir • Comentar • Compartilhar

Curtir • Comentar • Compartilhar

— #Introspecção/individualismo

Curtir • Comentar • Compartilhar

Há certos momentos brancos, quando caio dentro de mim mesmo e tudo se torna brilhante, claro demais, e por isso mesmo ofusca e eu não posso ver o que há ao redor.

Curtir • Comentar • Compartilhar

Sou tão talvez neuroticamente individualista que, quando acontece de alguém parecer aos meus olhos uma ameaça a essa individualidade, fico imediatamente cheio de espinhos — e corto relacionamentos com a maior frieza, às vezes firo, sou agressivo e tal.

Curtir • Comentar • Compartilhar

Às vezes a gente vai-se fechando dentro da própria cabeça, e tudo começa a parecer muito mais difícil do que realmente é.

Curtir • Comentar • Compartilhar

📖 **Letra I**

📖 Letra J

#Jovem/juventude

Estou na flor da idade. Na força da juventude. Mal comecei, mal comecei a me desembaraçar de toda a culpa. Quero mais, quero o que ainda não veio.

Curtir • Comentar • Compartilhar

Do jovem ao velhusco, ninguém está escapando. E de que forma reagir, protestar contra tudo isso? Ou o tempo das contestações saiu de moda?

Curtir • Comentar • Compartilhar

As almas atentas nunca deixam de cheirar a talco.

Curtir • Comentar • Compartilhar

A juventude vai embora, o talento se perde, as ilusões se gastam.

Curtir • Comentar • Compartilhar

Um dia você vai lembrar de tudo e pensar com tristeza: "loucuras da juventude." E todo esse tempo de agora não será mais que um longo tempo perdido, inútil, jogado fora.

Tu é muito jovem pra entender minha desdita.

Curtir • Comentar • Compartilhar

#Julgamento

É preciso julgar a si próprio com o máximo de rigidez, mas não sei se você concorda, as coisas por natureza já são tão duras para mim que não me acho no direito de endurecê-las ainda mais.

Curtir • Comentar • Compartilhar

Na verdade, eu nunca soube que critérios de julgamento se pode usar para julgar alguém definitivamente chato, irremediavelmente burro ou irrecuperavelmente desinteressante.

Penso que não tenho o direito de julgar ninguém, que cada um pode — e deve — ser o que é, ninguém tem nada com isso.

Curtir • Comentar • Compartilhar

Caio Fernando Abreu

{ A gente nunca pode julgar o que acontece dentro dos outros. }

Curtir • Comentar • Compartilhar

Letra J

📖 Letra L

#Labirinto

Navego pelo teu silêncio, amigo, esse estranho labirinto cheio de portas falsas e desejos de mármore redondo.

Curtir • Comentar • Compartilhar

Curtir • Comentar • Compartilhar

#Lamentos

Ó Deus, como é triste lembrar do bonito que algo ou alguém foram quando esse bonito começa a se deteriorar irremediavelmente.

Nada grave, cabeça ruim. Sem rumo, sem motivo.

Curtir • Comentar • Compartilhar

Tão estranho carregar uma vida inteira no corpo, e ninguém suspeitar dos traumas, das quedas, dos medos, dos choros.

Curtir • Comentar • Compartilhar

#Lembranças

Curtir • Comentar • Compartilhar

A memória tem sempre essa tendência otimista de filtrar as lembranças más para deixar só o verde, o vivo.

Lembranças passam pela cabeça sem se deter. São humildes, parecem esperar um aceno para caírem sobre mim. Quase nunca faço esse aceno; elas desaparecem, deixando um gosto e um cheiro muito leves de poeira, armário aberto depois de muito tempo, lençol limpo, café preto com broa de milho. Gosto de tempo, elas deixam.

Curtir • Comentar • Compartilhar

De repente sinto medo. Um medo antigo, o mesmo que sentia o menino escondido embaixo da escada, esperando castigos. Um medo e um frio que nascem de alguma zona escondida no cérebro, nas lembranças, nas coisas que o tempo escondeu ao avançar, como se recuando súbito pusesse a descoberto todos os cantos invisíveis, todas as teias de aranha recobrindo velhos muros.

Curtir • Comentar • Compartilhar

Não estou certo se essas lembranças serão boas. Ou se seriam boas, lembradas hoje, você me entende? Porque o tempo passado, filtrado pela memória e refletido no tempo presente — agora —, parece sempre melhor. E terá mesmo sido?

Curtir • Comentar • Compartilhar

Por entre essa infinidade de formas, de signos desfeitos com que são construídos os pensamentos; por entre esse amontoado de lembranças feitas de imagens incompletas como retratos rasgados; por entre essas ideias a que faltam braços, pernas, cabeças; por entre os retalhos dessa caótica colcha de que é tecido o cérebro de um homem no parque, eu busco. Sem encontrar.

Curtir • Comentar • Compartilhar

Eu fico pensando se o mais difícil no tempo que passa não será exatamente isso. O acúmulo de memórias, a montanha de lembranças que você vai juntando por dentro.

Melhor escapar deixando uma lembrança qualquer, lenço esquecido numa gaveta, camisa jogada na cadeira, uma fotografia — qualquer coisa que depois de muito tempo a gente possa olhar e sorrir, mesmo sem saber por quê.

Curtir • Comentar • Compartilhar

Curtir • Comentar • Compartilhar

L

#Luz/brilho

Caio Fernando Abreu

> Eu não queria, eu não quero dar trevas, dor, medo, solidão — eu quero dar e ser luz, calor, amparo.

Curtir • Comentar • Compartilhar

É lindo demais. É atrevido demais. É novo, sadio. Deu uma luz na minha cabeça, sabe quando a coisa te ilumina?

Curtir • Comentar • Compartilhar

De onde vem essa iluminação que chamam de *amor*, e logo depois se contorce, se enleia, se turva toda e ofusca e apaga e acende feito um fio de contato defeituoso, sem nunca voltar àquela primeira iluminação?

Curtir • Comentar • Compartilhar

Há dias está tudo escuro e a luz da vela em cima da minha mesa não vai acordar ninguém.

Vivemos essa troca incessante de luzes e sombras. Estamos perto de Deus e do Diabo.

Curtir • Comentar • Compartilhar

Pudesse ver seu próprio rosto: nesses momentos você ganhava luz e sorria sem sorrir, olhos fechados, toda plena.

Curtir • Comentar • Compartilhar

Brilham no escuro esses espaços, fosforescentes, desejando outros espaços iguais em outras peles no mesmo ponto de mutação.

Curtir • Comentar • Compartilhar

Cada vez gosto mais da luz, cada vez acho a alegria, o prazer, mais importantes.

Curtir • Comentar • Compartilhar

Curtir · Comentar · Compartilhar

Letra L

📖 Letra M

— #Medo

Tenho medo de, dia após dia, cada vez mais não estar no que você vê.

Abro bem os olhos na hora do medo e raramente me choco.

Curtir • Comentar • Compartilhar

Tenho medo de já ter perdido muito tempo. Tenho medo que seja cada vez mais difícil. Tenho medo de endurecer, de me fechar, de me encarapaçar dentro de uma solidão-escudo.

Curtir • Comentar • Compartilhar

— #Memória

Caio Fernando Abreu

Que coisa maluca a distância, a memória.
Como um filtro, um filtro seletivo, vão ficando apenas as coisas e as pessoas que realmente contam.

Curtir • Comentar • Compartilhar

Serei apenas memória, alívio, enquanto agora sou uma planta carnívora exigindo a cada dia uma gota de sangue para manter-se viva.

Curtir • Comentar • Compartilhar

Aquela pedra suspensa sobre o mar, eu não vou esquecer, como as casas que envelheciam e ruíam, como as pessoas que chegavam e partiam para se perderem umas das outras entre viagens inconciliáveis.

Curtir • Comentar • Compartilhar

#Morte

Gosto de pensar que quem já morreu fica num lugar quentinho, que a gente não vê, cuidando de quem ainda não morreu. E se você quiser agradar a essa pessoa, é só fazer coisas que ela gostava. Aí ela fica ainda mais quentinha e cuida ainda melhor da gente.

A morte, fantasticamente, deveria ser precedida de certo "clima", certa "preparação". Certa "grandeza".

Curtir • Comentar • Compartilhar

Se considerar a cada minuto a possibilidade da morte — então paro imediatamente de viver.

Curtir • Comentar • Compartilhar

Meu corpo está morrendo. A cada palavra, o meu corpo está morrendo. Cada palavra é um fio de cabelo a menos, um imperceptível milímetro de ruga a mais — uma mínima extensão de tempo num acúmulo cada vez mais insuportável.

Curtir • Comentar • Compartilhar

Um dia a gente chega na frente do espelho e descobre: "Envelheci". Então a busca termina. As perguntas calam no fundo da garganta, e vem a morte. Que talvez seja a grande resposta. A única

Curtir • Comentar • Compartilhar

O NUNCA MAIS de não ter quem se ama torna-se tão irremediável quanto não ter NUNCA MAIS quem morreu.

Curtir • Comentar • Compartilhar

#Mudança

Quero ser diferente. Eu sou. E se não for, me farei.

Curtir • Comentar • Compartilhar

Mudei, embora continue o mesmo. Sei que você compreende.

Curtir • Comentar • Compartilhar

Caio Fernando Abreu

Alguma coisa em mim —
e pode-se chamar isso
de "amadurecimento" ou
"encaretamento" ou até mesmo
"desilusão" ou "emburrecimento"
— simplesmente andou,
entendeu?
●●●

Curtir • Comentar • Compartilhar

Caio Fernando Abreu

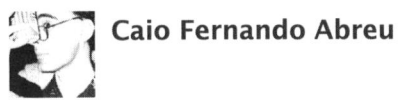

Se você pisca, quando torna a abrir os
olhos o lindo pode ficar feio. Ou vice-versa.

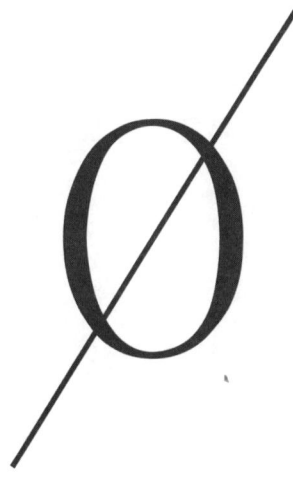

Tem umas coisas que a gente vai
deixando, vai deixando, vai deixando
de ser e nem percebe.

Curtir • Comentar • Compartilhar

Letra M

Letra N

— #Náusea ———————————————————————

Ah, a grande náusea desses jeitos errados que os homens inventaram para distrair-se da medonha ideia insuportável de que vão morrer, de que Deus talvez não exista, de que procura-se o amor da mesma forma que Aguirre procurava o Eldorado: inutilmente.

Curtir • Comentar • Compartilhar

Ah, a grande náusea por esses pequenos poderosos, que ferem e traem e mentem em nome da manutenção de seu ego imensamente medíocre.

Curtir • Comentar • Compartilhar

— #Necessidade ———————————————————

Preciso de você que eu tanto amo e nunca encontrei. Para continuar vivendo, preciso da parte de mim que não está em mim, mas guardada em você que eu não conheço.

De repente, eu não consegui ir adiante. E precisava: sempre se precisa ir além de qualquer palavra ou de qualquer gesto.

Curtir • Comentar • Compartilhar

Tenho urgência de ti, meu amor. Para me salvar da lama movediça de mim mesmo.

Curtir • Comentar • Compartilhar

Curtir • Comentar • Compartilhar

#Noite

Oi-tudo-bem-e-aí-tô-ligando-pra-saber-se-você-vai-fazer-alguma-coisa-hoje-à-noite. Como se a gente tivesse *obrigação* de fazer alguma coisa toda noite. Só porque é sábado. Essa obsessão urbanoide de aliviar a neurose a qualquer preço nos fins de semana.

Curtir • Comentar • Compartilhar

De alguma forma informe, sem saber nada de mim nem de onde vinha, sabia fundo que a noite morna de espessos vapores anunciava o final de um outro tempo gelado. E aquele sim, teria sido de morte e ódio.

Curtir • Comentar • Compartilhar

Estamos vivendo essa noite difícil, mas as pessoas estão procurando o amor, ou enlouquecendo, ou discutindo à espera de um futuro, buscando uma nova ordem para as coisas.

Vai ser uma longa noite. E é só uma criança, a noite ainda é uma criança.

Curtir • Comentar • Compartilhar

Lentamente afio as pedras e as facas do fundo das minhas pupilas, para que a noite não me encontre outra vez insone, recompondo sozinho um por um dos teus traços.

Curtir • Comentar • Compartilhar

Resolvi que nesta noite de inverno em que vamos virar a noite de sábado pelo avesso da noite de julho ninguém vai falar no que podia ter sido e não foi.

Curtir • Comentar • Compartilhar

Se meus olhos fossem câmeras cinematográficas eu não veria chuvas nem estrelas nem lua, teria que construir chuvas, inventar luas, arquitetar estrelas. Mas meus olhos são feitos de retinas, não de lentes, e neles cabem todas as chuvas estrelas lua que vejo todos os dias todas as noites.

Curtir • Comentar • Compartilhar

Tento fugir para longe e a cada noite, como uma criança temendo pecados, punições de anjos vingadores com espadas flamejantes, prometo a mim mesmo nunca mais ouvir, nunca mais ter a ti tão mentirosamente próximo.

Curtir • Comentar • Compartilhar

Letra N

📖 Letra O

#Obstinação/persistência

Olha, eu sei que o barco tá furado e sei que você também sabe, mas queria te dizer pra não parar de remar, porque te ver remando me dá vontade de não querer parar de remar também.

De qualquer forma, às cegas, às tontas, tenho feito o que acredito, do jeito talvez torto que sei fazer.

Nenhuma luta haverá jamais de me embrutecer, nenhum cotidiano será tão pesado a ponto de me esmagar, nenhuma carga me fará baixar a cabeça.

Curtir • Comentar • Compartilhar

Tenho pensado se não guardarei indisfarçáveis remendos das muitas quedas, dos muitos toques, embora sempre os tenha evitado aprendi que minhas delicadezas nem sempre são suficientes para despertar a suavidade alheia, e mesmo assim insisto.

Curtir • Comentar • Compartilhar

Cansado, eu? Imagina, sou inesgotável. Uma verdadeira Fonte Alternativa de Energia.

Curtir • Comentar • Compartilhar

#Otimismo

Recito Fernando Pessoa — "Tudo vale a pena/se a alma não é pequena" — dez vezes ao dia, gasto toneladas de incenso, sacas de sal grosso. E vamos levando. Se ficar heavy metal demais, dou o fora.

Invente uma boa abobrinha e ria, feito louco, feito idiota, ria até que o que parece trágico perca o sentido e fique tão ridículo que só sobra mesmo a vontade de dar uma boa gargalhada.

Curtir • Comentar • Compartilhar

A vida existe e também é bonita. E se renova. Tem lados de luz.

Mas tô ótimo, voltei até a usar reticências e pontos de exclamação.

Feliz talvez ainda não. Mas tenho assim... aquela coisa... como era mesmo o nome? Aquela coisa antiga, que fazia a gente esperar que tudo desse certo, sabe qual?

Hoje é um bom dia para continuar insistindo.

Curtir • Comentar • Compartilhar

#O outro

E se realmente gostarem? Se o toque do outro de repente for bom? Bom, a palavra é essa. Se o outro for bom para você. Se te der vontade de viver. Se o cheiro do suor do outro também for bom. Se todos os cheiros do corpo do outro forem bons. O pé, no fim do dia. A boca, de manhã cedo. Bons, normais, comuns. Coisa de gente. Cheiros íntimos, secretos. Ninguém mais saberia deles se não enfiasse o nariz lá dentro, a língua lá dentro, bem dentro, no fundo das carnes, no meio dos cheiros. E se tudo isso que você acha nojento for exatamente o que chamam de amor?

Curtir • Comentar • Compartilhar

O que vale é ter conhecido o corpo de outra pessoa tão intimamente como você só conhece o seu próprio corpo. Porque então você se ama também.

Curtir • Comentar • Compartilhar

Não compreendo como querer o outro possa tornar-se mais forte do que querer a si próprio. Não compreendo como querer o outro possa pintar como saída de nossa solidão fatal. Mentira: compreendo sim.

Provaram um do outro no colo da manhã. E viram que isso era bom.

Curtir • Comentar • Compartilhar

Eu é que tenho que me fazer, eu é que devo saber se sou medíocre ou não. A opinião alheia não importa.

Curtir • Comentar • Compartilhar

E de repente me sentia protegido, você sabe como: a vida toda, esses pedacinhos desconexos, se armavam de outro jeito, fazendo sentido. Nada de mau me aconteceria, tinha certeza, enquanto estivesse dentro do campo magnético daquela outra pessoa.

Curtir • Comentar • Compartilhar

Só sei que dentro de mim tem uma coisa pronta, esperando acontecer. O problema é que essa coisa talvez dependa de uma outra pessoa para começar a acontecer.

Curtir • Comentar • Compartilhar

📕 **Letra O**

📖 Letra P

— #Paciência

Esse o nosso jeito de continuar, o mais eficiente e também o mais cômodo, porque não implica em decisões, apenas em paciência.

Curtir • Comentar • Compartilhar

Fique bem, please. Paciência — é preciso ter infinita paciência. Olhar meigo para tudo & todos. Humildade, decência, recato & pudor. A um passo da santidade.

Curtir • Comentar • Compartilhar

— #Paixão

Quanta paixão. Dá vontade de sair dançando flamenco. E dá uma outra coisa: vontade de viver a humanidade do corpo, com seus vendavais de ciúme e impulsos homicidas e traições e sedes trágicas.

Curtir • Comentar • Compartilhar

Não vou ceder. Foi a ultima paixão. Paixão é o que dá sentido à vida. E foi a última. Tenho certeza absoluta disso. Agora me tornarei uma pessoa daquelas que se cuidam para não se envolver. Já tenho um passado, tenho tanta história. Meu coração está ardido de meias-solas.

Curtir • Comentar • Compartilhar

Paixão deve ser coisa discreta, calada, centrada. Se você começa a espalhar aos sete ventos, crau, dá errado.

Curtir • Comentar • Compartilhar

#Paz

Estou cada vez mais bossa-nova, espiritualmente sentado num banquinho, com o violão no colo. Deus, como eu quero paz.

Curtir • Comentar • Compartilhar

Penso em você principalmente como a minha possibilidade de paz — a única que pintou até agora, "nesta minha vida de retinas fatigadas". E te espero. E te curto todos os dias. E te gosto. Muito.

Curtir • Comentar • Compartilhar

#Pensamento

Pensamentos matinais, desgrenhados, são frágeis como cabelos finos demais que começam a cair. Você passa a mão, e ele já não está mais ali — o fio.

Suspiro tanto quando penso em você, chorar só choro às vezes, e é tão frequente.

Curtir • Comentar • Compartilhar

Com água, mão, pente, você disciplina cabelos. E pensamentos? Que nem são exatamente pensamentos, mas memórias, farrapos de sonho, um rosto, premonições, fantasias, um nome. E às vezes também não há água, mão, nem pente, gel ou xampu capazes de domá-los.

Curtir • Comentar • Compartilhar

Caio Fernando Abreu

♥
Quando teu
pensamento me
chamou
foi bonito.

Curtir • Comentar • Compartilhar

Faz pensamento bom pra minha cabeça e meu corpo resistirem impávidos & legais.

Curtir • Comentar • Compartilhar

Daí penso coisas bobas quando, sentado na janela do ônibus, depois de trabalhar o dia inteiro, encosto a cabeça na vidraça, deixo a paisagem correr, e penso demais em você.

Curtir • Comentar • Compartilhar

#Pessoas

Gosto das pessoas. Não sei me comunicar com elas, mas gosto de vê-las, de estar a seu lado, saber suas tristezas, suas esperas, suas vidas. Às vezes também me dá uma bruta raiva delas, de sua tristeza, sua mesquinhez.

Natural é as pessoas se encontrarem e se perderem.

Curtir • Comentar • Compartilhar

Não me importo de tentar ajudar as pessoas — se elas não sabem corresponder, é problema delas. Não é por isso que vou virar uma naja.

Naja — Pessoa que diz maldades com charme, graça e inteligência.

As pessoas falam coisas, e por trás do que falam há o que sentem, e por trás do que sentem há o que são e nem sempre se mostra.

Curtir • Comentar • Compartilhar

#Política

Talvez até me submetesse a uma hora de tortura televisiva assistindo ao HEG (não, não se trata de um novo vírus: é o Horário Eleitoral Gratuito) para escolher certo. Ai, meu Deus, o certo e o errado, e Brasília depois, o poder subindo à cabeça, corrupção, loterias, e os do-bem virando do-mal e os do-mal ficando cada vez mais do--mal, porque nunca que eu saiba aconteceu de um político do-mal virar do-bem...

Curtir • Comentar • Compartilhar

Há também aquela outra política que os homens exercitam entre si. Uma outra espécie de política ainda menor, ainda mais suja, quando o ego de um tenta sobrepor-se ao ego do outro. Quando o último argumento desse um contra aquele outro é: sou eu que mando aqui.

Curtir • Comentar • Compartilhar

Caio Fernando Abreu

{ A última coisa que eu queria ouvir: baixarias quentinhas de Brasília... Impossível fugir. }

Curtir • Comentar • Compartilhar

P

I WANT YOU

Política é exercício de poder, poder é o exercício do desprezível. Desprezível é tudo aquilo que não colabora para o enriquecimento do humano, mas para a sua (ainda) maior degradação. Como se fosse possível. Pior é que sempre é.

Curtir • Comentar • Compartilhar

#Porto

E eu sempre soube que era aqui o porto. Nunca se sabe até que ponto seguro.

Como não se pode ancorar um navio no espaço, ancora-se neste porto. Alegre ou não.

#Preconceito

Não consigo entender essa pressa em rotular, carimbar, colocar em prateleira: é assim, doce, amargo, leve, pesado. Ideias feitas, congeladas, mortas. Safári no cemitério, preconceito.

Há um jeito brasileiro que me aterroriza. O deboche, a grossura, o preconceito.

#Pressa

Eu não tenho tempo. Não posso parar, nem pensar, nem sentir. Nem lembrar. Eu preciso ganhar dinheiro. Tenho pressa neste passo alucinado em direção ao buraco negro do futuro.

Urbanoides cortam sempre meu caminho à procura de cigarros, fósforos, sexo, dinheiro, palavras e necessidades obscuras que não chego a decifrar em seus olhos semafóricos. Tenho pressa, não podemos perder tempo.

A vida é apenas uma ponte entre dois nadas e tenho pressa.

Letra P

📖 Letra Q

— #Quebra-cabeças —

Tem dias em que tudo se encaixa, como no momento das peças finais dos quebra-cabeças.

Curtir · Comentar · Compartilhar

Curtir · Comentar · Compartilhar

— #Querer —

Eu não aceito nada nem me contento com pouco — eu quero muito, eu quero mais, eu quero tudo.

Acho que é isso que vocês não são capazes de compreender, que a gente, um dia, possa não querer mais do que tem.

Não existe nada mais esterilizante do que a perfeição de não se querer nada além do que está à nossa volta.

Curtir · Comentar · Compartilhar

Eu quero ler poesia, eu nunca tive um amigo, eu nunca recebi uma carta.

Curtir · Comentar · Compartilhar

Você sempre fica meio tonto quando pensa que não quer ficar, e que também não quer — ou não pode — voltar.

Curtir · Comentar · Compartilhar

Querer a gente inventa.

Curtir · Comentar · Compartilhar

Sim, afligia muito querer e não ter. Ou não querer e ter. Ou não querer e não ter. Ou querer e ter. Ou qualquer outra enfim dessas combinações entre os quereres e os teres de cada um, afligia tanto.

Sua insegurança a respeito do meu querer-bem por você prova que o seu querer-bem por mim é verdadeiro.

Curtir · Comentar · Compartilhar

Te mastigo dentro de mim enquanto me apunhalas com lenta delicadeza deixando claro em cada promessa que jamais será cumprida, que nada devo esperar além dessa máscara colorida, que me queres assim porque é assim que és e unicamente assim é que me queres.

Curtir · Comentar · Compartilhar

Caio Fernando Abreu

Eu quero
um punhado
de estrelas maduras,
eu quero
a doçura do verbo viver.

Curtir • Comentar • Compartilhar

Querer um sentido me leva a querer um depois, os dois vêm juntos, se é que você me entende.

Quero encontrar outra coisa. Outra coisa que nem sei o nome, maior que eu mesma ou que qualquer canção.

Curtir • Comentar • Compartilhar

Não quero lembrar. Faz mal lembrar das coisas que se foram e não voltam.

Curtir • Comentar • Compartilhar

Letra Q

📖 Letra R

— #Recomeço —

Amanhã é dia de nascer de novo.

Curtir • Comentar • Compartilhar

Hoje eu queria alguém que me dissesse que eu não precisava me preocupar [...], um ombro, uma mão. Desculpe tanta sede, tanta insatisfação. Amanhã, amanhã recomeço.

Curtir • Comentar • Compartilhar

#Relacionamento

Preciso do teu beijo de mel na minha boca de areia seca, preciso da tua mão de seda no couro da minha mão crispada de solidão.

Curtir • Comentar • Compartilhar

Preciso sim, preciso tanto. Alguém que aceite tanto meus sonos demorados quanto minhas insônias insuportáveis.

Curtir • Comentar • Compartilhar

Descobri que a maioria das pessoas que conheço me desvitalizam. E eu não vou permitir mais, nunca mais. Você é uma exceção.

Eu sei que fico em você, eu sei que marco você. Marco fundo.

Não vamos enlouquecer, nem nos matar, nem desistir. Pelo contrário: vamos ficar ótimos e incomodar bastante ainda.

Curtir • Comentar • Compartilhar

Seria tão bom se pudéssemos nos relacionar sem que nenhum dos dois esperasse absolutamente nada, mas infelizmente, insistirás, infelizmente nós, a gente, as pessoas, têm, temos — emoções.

Curtir • Comentar • Compartilhar

Eu ia te escrever qualquer dia, eu tinha — e tenho — um monte de coisas pra te dizer, aquelas coisas que a gente cala quando está perto porque acha que as vibrações do corpo bastam, ou por medo, não sei.

Curtir • Comentar • Compartilhar

Nada mais importa. Agora você me tem, agora eu tenho você. Nada mais importa. O resto? Ah, o resto são os restos. E não importam.

Curtir • Comentar • Compartilhar

Curtir • Comentar • Compartilhar

Caio Fernando Abreu

Você é meu único laço, cordão umbilical, ponte entre o aqui de dentro e o lá de fora.

● ● ●

Curtir • Comentar • Compartilhar

— #Repetição

Caio Fernando Abreu

Não é verdade que as pessoas se repitam. O que se repetem são as situações, inúmeras vezes — e você sabe que qualquer situação que nos acontece é por nossa culpa. Principalmente quando ela se repete muitas vezes. Tudo o que acontece à gente é uma mera consequência daquilo que se fez.

Não é verdade que as pessoas se repitam. O que se repetem são as situações, inúmeras vezes — e você sabe que qualquer situação que nos acontece é por nossa culpa. Principalmente quando ela se repete muitas vezes. Tudo o que acontece à gente é uma mera consequência daquilo que se fez.

Não é verdade que as pessoas se repitam. O que se repetem são as situações, inúmeras vezes — e você sabe que qualquer situação que nos acontece é por nossa culpa. Principalmente quando ela se repete muitas vezes. Tudo o que acontece à gente é uma mera consequência daquilo que se fez.

Curtir • Comentar • Compartilhar

Letra R

📖 Letra S

#Saudade

Era isso — aquela outra vida, inesperadamente misturada à minha, olhando a minha opaca vida com os mesmos olhos atentos com que eu a olhava: uma pequena epifania. Em seguida vieram o tempo, a distância, a poeira soprando. Mas eu trouxe de lá a memória de qualquer coisa macia que tem me alimentado nestes dias seguintes de ausência e fome.

Curtir · Comentar · Compartilhar

Sinto uma falta absurda de você. Ficou um vazio que ninguém (pre)enche. E penso e repenso e trepenso em você por aí.

Curtir · Comentar · Compartilhar

Sinto impulsos covardes, assustadiços e escapistas de voltar. Também porque sinto saudade, muita, de tudo. Mas sei que não devo.

Curtir · Comentar · Compartilhar

Seja como for, continuo gostando muito de você — da mesma forma —, você está quase sempre perto de mim, quase sempre presente em memórias, lembranças, estórias que conto às vezes, saudade. E se é verdade que o tempo não volta, também deveria ser verdade que os amigos não se perdem.

Curtir · Comentar · Compartilhar

Sinto muita saudade — mas tem uma coisa dentro de mim me dizendo que o meu caminho é exatamente este, e que não posso nem devo tentar modificá-lo.

E de repente, não mais que, a redação quase vazia, uma tarde quase quebrando de tão clara, você chegou na minha saudade. Escrevo. Há muito para dizer, mas é uma pena que não se possa mandar uma carta cheia de silêncio, que é música.

Curtir · Comentar · Compartilhar

#Segurança

Hoje emergi calçando salto 15, ombros muito para trás, porte ereto e saia justíssima. Nariz arrebitado. Pisando duro. Pensam que vão acabar comigo?

Curtir · Comentar · Compartilhar

Que bom, Deus, que sou capaz de estar vivo sem vampirizar ninguém, que bom que sou forte, que bom que suporto, que bom que sou criativo e até me divirto e descubro a gota de mel no meio do fel. Colei aquele "Eu Amo Você" no espelho. É pra mim mesmo.

Curtir · Comentar · Compartilhar

#Sentir/sentimento

Quem pode saber se uma fruta sente coisas, que nem a gente? Eu é que não. Vezenquando acho que até as pedras sentem.

Curtir • Comentar • Compartilhar

Ou me quer e vem, ou não me quer e não vem. Mas que me diga logo pra que eu possa desocupar o coração.

Curtir • Comentar • Compartilhar

Porque ver é permitido, mas sentir já é perigoso. Sentir aos poucos vai exigindo uma série de coisas outras, até o momento em que não se pode mais prescindir do que foi simples constatação

Um sentimento de glória interior. Essa expressão é fundamental na minha vida.

Curtir • Comentar • Compartilhar

#Sexo

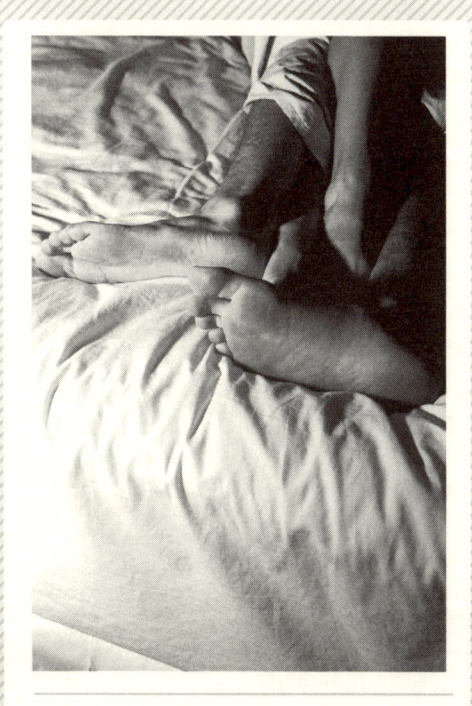

Curtir • Comentar • Compartilhar

Sexo é na cabeça: você não consegue nunca. Sexo é só na imaginação. Você goza com aquilo que imagina que te dá o gozo, não com uma pessoa real, entendeu? Você goza sempre com o que tá na sua cabeça, não com quem tá na cama. Sexo é mentira, sexo é loucura, sexo é sozinho.

Sexo: ponto de chama entre as pernas.

Um problema da tal crise dos quarenta é que você começa a achar sexo sem amor uma coisa meio pera.

Curtir • Comentar • Compartilhar

S

#Silêncio

Silêncio, ando obcecado por silêncio. Um silêncio que te permita ouvir o ruído do vento. E o bater do coração. E se possível isso que chamamos de Deus, existindo devagarinho em cada coisa.

Silêncio, ando obcecado por silêncio. Um silêncio que te permita ouvir o ruído do vento. E o bater do coração. E se possível isso que chamamos de Deus, existindo devagarinho em cada coisa.

Curtir • Comentar • Compartilhar

Pode ficar em silêncio, se você tiver vontade. Mas estou aqui, continuo aqui não sei até quando, e quando e se você quiser, precisar, dê um toque. Te quero imensamente bem, fico pensando se dizendo assim, quem sabe, de repente você até acredita. Acredite.

Curtir • Comentar • Compartilhar

#Simplicidade

Caio Fernando Abreu

{ Tudo que parece meio bobo é sempre muito bonito, porque não tem complicação. Coisa simples é lindo. E existe muito pouco. }

Curtir • Comentar • Compartilhar

É hora de fazer tudo que sempre quis. E é maravilhoso ver que Tudo Que Sempre Quis é simples, belo, acessível, fácil, do bem.

Gosto desse jeito de ser direto, da falta de afetação, da simplicidade. E penso então que você vai-longe. Não me pergunte o que quero dizer com ir-longe.

Curtir · Comentar · Compartilhar

Um fósforo que não acende pode assumir a importância do fogo de Prometeu. Literalmente. Não que tudo não seja mesmo assim, só que a gente também não suporta ficar tão mítico-antropofísico-arquetípico assim. É mais simples, é mais embaixo — é tudo ilusão.

Curtir · Comentar · Compartilhar

#Sinais

Não acredito em tudo o que dizem, mas acredito sempre em sinais.

Curtir · Comentar · Compartilhar

Enviei sinais de socorro aos amigos. Ninguém ajudou. Me virei sozinho. Isso me endureceu um pouco mais.

Curtir · Comentar · Compartilhar

#Solidão

Prefiro reconhecer com o máximo de tranquilidade possível que estou só do que ficar a mercê de visitas adiadas, encontros transferidos.

Invento estorinhas para mim mesmo, o tempo todo, me conformo, me dou força. Mas a sensação de estar sozinho não me larga.

Aprendi também a não contar muito com os outros: na medida do possível, faço tudo só. Dá mais certo.

Curtir · Comentar · Compartilhar

A solidão às vezes é tão nítida como uma companhia. Vou me adequando, vou me amoldando. Nem sempre é horrível. Às vezes é até bem mansinha. Mas sinto tão estranhamente que o amor acabou. Repito sempre: sossega, sossega — o amor não é para o teu bico.

Curtir · Comentar · Compartilhar

Caio Fernando Abreu

Fui afastando essas gentes assim menores, e não ficaram muitas outras. Às vezes, nos fins de semana principalmente, tiro o fone do gancho e escuto, para ver se não foi cortado.

Curtir • Comentar • Compartilhar

Perdoem o silêncio, o sono, a rispidez, a solidão. Está ficando tarde, e eu tenho medo de ter desaprendido o jeito. É muito difícil ficar adulto.

Curtir • Comentar • Compartilhar

Não compreendo como querer o outro possa pintar como saída de nossa solidão fatal.

Estou me transformando aos poucos num ser humano meio viciado em solidão.

Curtir • Comentar • Compartilhar

— #Sonho —

Curtir • Comentar • Compartilhar

Sonhei que você sonhava comigo. Ou foi o contrário? Seja como for, pouco importa: não me desperte, por favor, não te desperto.

Acordo no meio da noite, assombrado por sonhos com velhos amores, e fico repetindo no escuro palavras como: Gentileza, Perdão, Sabedoria, Bondade, Paciência.

Curtir • Comentar • Compartilhar

— #Sorte

Caio Fernando Abreu

Quando há sol, e esse sol bate na minha cara amassada do sono ou da insônia, contemplando as partículas de poeira soltas no ar, feito um pequeno universo, repito sete vezes para dar sorte: que seja doce que seja doce que seja doce e assim por diante.

Curtir • Comentar • Compartilhar

#Suspeita

Caio Fernando Abreu

{ Então a suspeita bruta:
não suportamos aquilo ou
aqueles que poderiam nos tornar
mais felizes e menos sós. }

Curtir • Comentar • Compartilhar

— #Sutileza

Caio Fernando Abreu

{ É quase inacreditável ver como você consegue ser emocional sem ser babaca, política sem ser panfletária, sensual sem ser grossa, culta sem ser pedante, elegante sem ser fresca. Como você consegue a medida exata da sutileza. }

Curtir • Comentar • Compartilhar

Letra S

📖 **Letra T**

#Telefone

Há coisas que só se diz por telefone: telefone elimina rosto, gesto, movimento: a voz fica absoluta. O que a voz diz, ao telefone, é tudo, porque por trás dela não acontece nada como um franzir de sobrancelhas, um riso no canto da boca. E, se acontece, você não vê.

Curtir • Comentar • Compartilhar

#Tempo

As manhãs são boas para acordar dentro delas, beber café, espiar o tempo. Os objetos são bons de olhar para eles, sem muitos sustos, porque são o que são e também nos olham, com olhos que nada pensam.

A vida de cada um corre sobre os trilhos do tempo, separadamente mas em direção a um destino igual para todos, e no mesmo ritmo implacável daquele poema de Manuel Bandeira: café-com-pão, café-com-pão.

Toma um café, que o mundo acabou faz tempo.

Ando achando muito difícil sobreviver — essa coisa aparentemente simples, você dorme hoje, acorda amanhã, come, trabalha, faz coisas, depois dorme amanhã, acorda depois de amanhã, assim por diante. Esse encadeamento tão natural que deveria ser quase automático, e portanto sem emoção nem sustos, eu ando achando cheio de solavancos, derrapagens e, sim, cheio de sustos. Por isso preciso de tempo, dizem que tempo resolve.

Curtir • Comentar • Compartilhar

Mas sabes principalmente, com uma certa misericórdia doce por ti, por todos, que tudo passará um dia, quem sabe tão de repente quanto veio, ou lentamente, não importa.

Curtir • Comentar • Compartilhar

Não tinha mais um dia a perder, pois embora fosse muito cedo, começou a suspeitar que era também desesperadamente tarde demais.

O tempo é curto, energia milimetrada.

Estavam ambos naquela faixa intermediária em que ficou cedo demais para algumas coisas, e demasiado tarde para a maioria das outras.

Dentro do movimento do tempo, e desses pequenos acidentes meio lamentáveis e totalmente inevitáveis que acontecem no nosso corpo, há qualquer coisa que resiste sempre, tão novinha e fresca como a pele de um bebê.

Curtir • Comentar • Compartilhar

#Tranquilidade

Tá tudo tão legal — e um legal tão batalhado, um legal merecido, de costas e pernas doendo, mas coração tranquilo.

Curtir • Comentar • Compartilhar

Eu estou tranquilo e sinto que tudo vai sair bem, porque é exatamente a minha hora.

Curtir • Comentar • Compartilhar

#Tristeza/fossa

Tristeza-garoa, fininha, cortante, persistente, com alguns relâmpagos de catástrofe futura. Projeções: e amanhã, e depois? E trabalho, amor, moradia? O que vai acontecer? Típico pensamento-nada-a-ver: sossega, o que vai acontecer acontecerá.

Curtir • Comentar • Compartilhar

Eu nunca vi por que evitar a fossa. Se a fossa veio é porque ela tinha que vir. O negócio é viver ela e tentar esgotar ela.

O céu tão azul lá fora, e aquele mal-estar aqui dentro.

Curtir • Comentar • Compartilhar

A verdade é que não me sinto capaz de nada. Não é fossa. Fossa dá ideia de uma coisa subjetiva e narcisista. São motivos bem concretos, que inclusive transcendem o plano pessoal.

Curtir • Comentar • Compartilhar

As dúvidas caíam no fundo do pensamento como poeira cansada, dando lugar a uma espécie de tristeza.

A tristeza e o desapontamento pingavam junto com as lágrimas.

Curtir • Comentar • Compartilhar

Letra T

Letra U

— #Unanimidade

A unanimidade é o começo da acomodação e da mediocridade.

Curtir • Comentar • Compartilhar

Curtir • Comentar • Compartilhar

— #União

Cada coisa era cada coisa e inteira, na união de todas as suas infinitas partes.

Curtir • Comentar • Compartilhar

Agora só nos resta finalmente desvelar aos olhos do mundo a nossa união, realizar o nosso sonho dourado...

Curtir • Comentar • Compartilhar

— #Universo

Que se possa *cantar*, e o universo passa a ter sentido.

Dentro do universo, eu estou só.

Suas mãos tremiam e suas bocas ressecadas libertavam palavras lúcidas e cósmicas: apreendiam o universo e transmitiam-no pelos vales a discípulos espantados e ávidos.

Curtir • Comentar • Compartilhar

Incompreensão da própria angústia, uniam-se no ultrapassar de seus limites, iam além, muito além, completamente sós dentro do apartamento — quem sabe do universo.

Todo homem leva o universo em si. Todo homem é Deus. Mas há um caminho para chegar até esse domínio total do próprio corpo e da própria mente.

Curtir • Comentar • Compartilhar

#Urgência

A cidade lá fora, com gentes falando sempre alto demais, sem parar, entrando e saindo de lugares, bebendo, comendo coisas, pagando contas, dançando alucinadas, querendo ser felizes antes da segunda-feira: urgente.

Curtir • Comentar • Compartilhar

Sinto uma certa urgência. Isto é porque nos sentimos o tempo todo muito imortais. Só no momento em que se passa por uma situação limite é que a gente se dá conta que a vida é breve. Aí você acorda: há coisas para fazer.

Curtir • Comentar • Compartilhar

O trabalho me engole, a cidade me engole, e eu tenho sido preguiçoso, indisciplinado, tenho transferido urgências por puro comodismo.

Curtir • Comentar • Compartilhar

Está tudo muito ruim, e nós precisamos mais do que nunca ser solidários uns com os outros. Trocar estímulos.

Curtir • Comentar • Compartilhar

📖 **Letra U**

Curtir • Comentar • Compartilhar

📖 **Letra V**

── #Ver/não ver ──────────────────────

O que você não vê praticamente não acontece. Ou acontece tão vagamente que é como se não.

Curtir • Comentar • Compartilhar

Sento na janela e fico olhando o povo: é tristíssimo. Nunca vi antes caras tão amargas. E pobres, muito pobres. Dói de ver. E não se pode fazer nada.

Curtir • Comentar • Compartilhar

── #Verdade ──────────────────────

Mas, aqui entre nós, também não estou nem um pouco me importando com o que é ou o que não é de verdade.

Curtir • Comentar • Compartilhar

Se você é daqueles que acham que a vida é um mar de rosas cor-de-rosa, mantenha distância. Ou vá ouvir a Xuxa.

Não sei se será possível à gente escolher as próprias verdades, elas mudam tanto. Não só por isso, nossas verdades quase nunca são iguais às dos outros, e é isso que gera o que chamamos de solidão, desencontro, incomunicabilidade.

Curtir • Comentar • Compartilhar

Minha vida não daria um romance. Ela é muito pequena. Mas é meio sem sentido ficar pensando em jeitos de escrever se ninguém nunca vai ler.

Curtir • Comentar • Compartilhar

Então, de repente, sem pretender, respirou fundo e pensou que era bom viver. Mesmo que as partidas doessem, e que a cada dia fosse necessário adotar uma nova maneira de agir e de pensar, descobrindo-a inútil no dia seguinte — mesmo assim era bom viver. Não era fácil, nem agradável. Mas ainda assim era bom.

Curtir • Comentar • Compartilhar

Tudo parecia em ordem, então. Sem rancor nem revolta, só aquela imensa pena de Coisa Vida dentro e fora das janelas, bela e fugaz feito as borboletas que duram só um dia depois do casulo. Pois há um casulo rompendo-se lento, casca seca abandonada.

Curtir • Comentar • Compartilhar

Não há uma verdade única. Há uma verdade por dia, ou pior ainda, mais complicado: uma verdade por hora, às vezes até mil verdades num minuto

Curtir • Comentar • Compartilhar

Não se pode ser infeliz, não se pode morrer em vida, não se pode desistir de amar, de criar. Não se pode: é pecado, é proibido — *verbotten*, não é assim em German? Não é possível adiar a vida.

Curtir • Comentar • Compartilhar

Caio Fernando Abreu

Tenho achado viver tão bonito. =)

Curtir • Comentar • Compartilhar

#Vida/viver

Não há de ser por delicadeza que perderei minha vida.

Curtir • Comentar • Compartilhar

Sôfrego, torno a anexar a mim esse monólogo rebelde, essa aceitação ingênua de quem não sabe que viver é, constantemente, construir, não derrubar. De quem não sabe que esse prolongado construir implica em erros, e saber viver implica em não valorizar esses erros, ou suavizá-los, distorcê-los ou mesmo eliminá-los para que o restante da construção não seja abalado.

Curtir • Comentar • Compartilhar

Sabe, pra mim a vida é um punhado de lantejoulas e purpurina que o vento sopra. Daqui a pouco tudo vai ser passado mesmo — deixe o vento soprar, filhinho, let it be, fique pelo menos com o gostinho de ter brilhado um pouco.

O que importa é a Senhora Dona Vida, coberta de ouro e prata e sangue e musgo do Tempo e creme chantilly às vezes e confetes de algum Carnaval, descobrindo pouco a pouco seu rosto horrendo e deslumbrante

Quero que daqui pra frente a vida seja hoje. *A vida não é adiável.*

Curtir • Comentar • Compartilhar

Fico pensando se viver não será sinônimo de perguntar. A gente se debate, busca, segura o fato com duas mãos sedentas e pensa: "Achei! Achei!", mas ele escorrega, se espatifa em mil pedaços, como um vaso de barro coberto apenas por uma leve camada de louça.

Curtir • Comentar • Compartilhar

Eu me pergunto se viver não será essa espécie de ciranda de sentimentos que se sucedem e se sucedem e deixam sempre sede no fim.

Curtir • Comentar • Compartilhar

A partir de hoje, uma vida feita de fatos. Ação, movimento, dinamismo. A claquete bate. Deus vira mais uma página de seu infinito, chatíssimo roteiro. O escultor tira outra lasca do mármore.

Curtir • Comentar • Compartilhar

Embora a gente esqueça, a vida é mágica.

Curtir • Comentar • Compartilhar

#Vingança

Acontece que descobri que sou ótimo, vou ficar melhor ainda e esta é a minha REVENGE, como já disse.

Curtir • Comentar • Compartilhar

Não se perca. Não se esqueça. Viver bem é a melhor vingança.

Curtir • Comentar • Compartilhar

#Vontade

Tenho uma vontade besta de voltar, às vezes. Mas é uma vontade semelhante à de não ter crescido.

E não era apenas uma vontade de ver você que te trazia de volta, era você mesmo.

Tão longe ficou o tempo, esse, e pensarás no tempo, naquele, e sentirás uma vontade absurda de tomar atitudes como voltar para a casa de teus avós ou teus pais ou tomar um trem para um lugar desconhecido ou telefonar para um número qualquer (e contar, contar, contar) ou escrever uma carta tão desesperada mas tão desesperada que alguém se compadeça de ti e corra a te socorrer com chás e bolos, ajeitando as cobertas à tua volta e limpando o suor frio de tua testa.

Curtir • Comentar • Compartilhar

Tive vontade de sentar na calçada da Augusta e chorar, mas preferi entrar numa papelaria e comprar um caderno lindo para anotar sonhos.

Curtir • Comentar • Compartilhar

Não tenho vontade nenhuma de ligar nem de escrever cartas, não tenho ódio nem vontade de chorar. Em compensação também não tenho vontade de mais nada.

Curtir • Comentar • Compartilhar

📕 Letra V

📖 Letras X E Z

— #Xangô

Não consigo trabalhar. Está uma quarta-feira de Xangô muito bonita, cheia de sol.

Curtir • Comentar • Compartilhar

— #Xaropento

Caio Fernando Abreu

Lá vem você de novo com esse papo xaropento. Já não falei pra você que intelectualismo não é comigo, Baby?

● ● ●

Curtir • Comentar • Compartilhar

Z

— #Zen

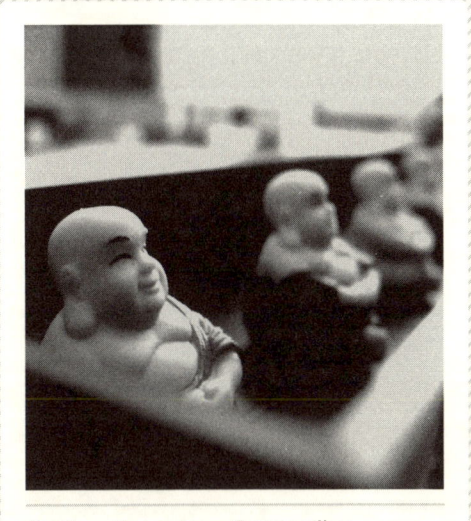

Certo, eu li demais zen-budismo, eu fiz ioga demais, eu tenho essa coisa de ficar mexendo com a magia, eu li demais Krishnamurti, sabia? E também Allan Watts, e D. T. Suzuki, e isso frequentemente parece um pouco ridículo às pessoas. Mas, dessas coisas, acho que tirei pra meu gasto pessoal pelo menos uma certa tranquilidade.

Ando em busca do silêncio que a cidade não dá. Da paz que a cidade não dá. Da suavidade zen que esta cidade não dá, nunca deu nem dará nunca. A ninguém.

Curtir · Comentar · Compartilhar

— #Zoom

Já ando vendo as coisas, as coisas todas, o tempo inteiro como. Como se meus olhos fossem lentes. Dessas de cinema, um close, pá, vejo mais perto. Um zoom, pá, vou afastando.

Curtir · Comentar · Compartilhar

📖 **Letras x e z**

Editoras responsáveis
Janaína Senna
Maria Cristina Antonio Jeronimo

Produção
Adriana Torres
Ana Carla Sousa
Thalita Ramalho

Produção editorial
Pedro Staite
Daniel Borges

Revisão
Frederico Hartje

Projeto gráfico e diagramação
Marília Bruno

Pesquisa
Janaína Senna
Paula Soraggi
Renata Corrêa
Yandra Lopes

Este livro foi impresso no Rio de Janeiro, em maio de 2013, pela Edigráfica, para a Agir. O papel do miolo é avena 80g/m², e o da capa é cartão 250g/m².